DuMont's Bibliothek des Phantastischen
Meisterwerke der phantastischen Literatur

Maurice Sandoz (*1892 Basel, †1958 Lausanne), ein begüterter Einzelgänger, schrieb hochrangige phantastische Erzählungen und Kurzromane. Sein verschollenes Œuvre wird gegenwärtig neu erschlossen, die Bedeutung des Autors erstmalig gewürdigt. »Das Labyrinth« erschien zuerst 1941; 1954 wurde der Roman in Hollywood verfilmt.

Herausgegeben von Frank Rainer Scheck

Maurice Sandoz

Das Labyrinth

Roman

DuMont Buchverlag Köln

CIP-Titelaufnahme der Deutschen Bibliothek

Sandoz, Maurice
Das Labyrinth / Maurice Sandoz
– Köln: DuMont 1991
  (DuMont's Bibliothek des Phantastischen; 3004)
  ISBN 3-7701-2738-2

Umschlagmotiv von Willi Glasauer
Aus dem Französischen von Gertrud Droz-Rüegg
Nachwort aus dem Französischen von Irene Martschukat

© 1991 der deutschsprachigen Ausgabe
DuMont Buchverlag Köln
© für die französische Ausgabe, Maurice Sandoz »Le Labyrinthe«
Fondation Edouard-Marcel et Maurice Sandoz Jouxtens
Redaktion: Irene Martschukat
Satz, Druck und buchbinderische Verarbeitung: Boss-Druck, Kleve

Printed in Germany   ISBN 3-7701-2738-2

Inhalt

Vorwort 7

Das Fotografie-Album 9

Einige Wochen später 25

Es war eine Frau, die ein Geheimnis lockte 37

Vor etwa fünfzehn Jahren 41

Im Korridor ging etwas vorbei 51

Im Gegensatz zu dem, was gewöhnlich geschieht 57

Ich bemerkte noch etwas 65

Der, welcher nachts umgeht 73

Der Spaziergang im Park 77

Vom Spaziergang zurück 89

Das Nachtessen 93

Dies ist eine wahre Geschichte 99

Eine schlaflose Nacht	109
Die Erklärung	117
Nachwort *von Jacques-Michel Pittier*	125

Vorwort

Als ich diese Geschichte schrieb, fragte ich mich, ob die Engländer, die Iren und besonders die Schotten nicht sagen werden, sie sei ihnen ja schon bekannt.

Aber während meiner häufigen Besuche im Vereinigten Königreich habe ich mich überzeugen können, daß seine Bewohner (mit Ausnahme einer ganz kleinen Zahl) immer noch die eigentliche Lösung eines Rätsels nicht kennen, das sieben Generationen beunruhigt hat.

Man wußte von der Existenz eines alten Schlosses im Norden Schottlands, aber das Schloß lag so einsam, durch Heide und Wald so abgeschlossen, daß nur wenige Leute seinen Namen kannten, kaum die, welche am meisten davon sprachen.

Hingegen versicherten alle, daß dort ein Geheimnis verborgen sei. Aber als man das Geheimnis aufklären, sein Wesen bestimmen wollte, sah man sich auf Vermutungen angewiesen.

Die Anhänger der okkulten Wissenschaften führten übernatürliche Kräfte ins Feld. Die Freigeister und die Verstandesmenschen wollten nicht an etwas Übernatürliches glauben und gaben sich mit einseitigen Beweisführungen zufrieden, aus denen das Problem noch verwirrter hervorging, als es vorher war. Die meisten begnügten sich mit der klugen Feststellung, daß man dem Unerklärlichen gegenüberstehe. Wenn man etwa die Schloßbesitzer oder die Dienerschaft hätte ausfragen wollen, so wäre man schlecht angekommen. Herren und Diener schienen einen Eid geschworen zu haben, der sie zum Schweigen zwang und der nie gebrochen wurde.

So unwahrscheinlich die Vermutungen waren – die Wirklichkeit war noch unwahrscheinlicher.

Ich muß gleich hinzufügen, daß ich bei den Ereignissen, die hier aufgezeichnet sind, gar keine Rolle spielte. Aber ich genieße den Vorzug, einen der Hauptzeugen sehr nahe gekannt zu haben. Seinen Bericht gebe ich meinen Lesern weiter.

Das Fotografie-Album

Es ist schon eine Reihe von Jahren her, daß die Ärzte mir einen dreimonatigen Aufenthalt in einem Berghotel verordneten. Mit einigem Murren gehorchte ich dem Befehl. Später beglückwünschte ich mich, daß ich nicht ungehorsam gewesen.

Diese drei Monate haben mir eine Freundschaft eingetragen, die heute noch besteht, und ich habe eine Tatsache erfahren, die ich niemals geglaubt hätte, wenn sie mir nicht von der Betreffenden, die sie mir enthüllt hat, bezeugt worden wäre.

Die Persönlichkeit, die ich meine, wohnte im selben Hotel wie ich. Da es mir unmöglich wäre, meine Geschichte von der Erinnerung an sie zu trennen, will ich sagen, daß sie Schottin und Witwe eines englischen Offiziers war und daß sie, wie viele Engländerinnen und Schottinnen einer gewissen Gesellschaftsklasse, äußerste Raffinesse mit strenger Einfachheit verband. Ich erinnere mich noch an die geraden Falten ihres schwarzen Kleides und an den Streifen glatter Haare, welcher das Witwenhäubchen mattgolden umrahmte. Ich erinnere mich an ihre gekünstelte Stimme, ihre zarten Hände, an das Parfüm von Lavendel und weißen Rosen, das sie umgab. Sie war kinderlos und faßte für mich eine Zuneigung, die alsbald gegenseitig wurde. Sie nahm sich meiner an, pflegte mich, leistete mir Gesellschaft während langer Stunden erzwungener Ruhe. Wenn ich sage ›lange Stunden‹, so ist dies eine Redensart; Mrs. Murray wußte sie mir kurz genug zu machen.

Wie alle Kelten hatte sie Freude am Erzählen, und sie erzählte mit Geschick, ohne Anstrengung, ungezwungen, mit jenem dramatischen Instinkt, der ihrem Volke eigen ist und hier mit einer angeborenen künstlerischen Begabung untrennbar verbunden war. Eines Tages fragte sie mich über meine ersten literarische Versuche aus.

»Sie wollen schreiben«, sagte sie zu mir, »nun, mein liebes Kind, ich will Ihnen eine Geschichte erzählen, und Sie werden sie kaum glauben können; aber ich kann Ihnen versichern, daß sie wahr ist. Alles, was Sie hören werden, habe ich erlebt. Es steht Ihnen frei, die Geschichte zu veröffentlichen, wenn es Ihnen Freude macht. Ich ermächtige Sie dazu. Eine der zwei ... Gestalten ... (hier schien sie etwas gezögert zu haben, bevor sie das passende Wort fand), eine der zwei Gestalten, welche in dieser Erzählung an erster Stelle stehen, ist tot. Und die andere – ich weiß, daß es ihr gleichgültig ist; man müßte nur ihren Namen ändern.«

Ich war damals sehr jung. Ich hatte eine romantische Liebestragödie erwartet; ich war enttäuscht. Man wollte mir eines dieser Rache-Dramen erzählen, die im Schottland des vorletzten Jahrhunderts sehr häufig waren und die sich von einer Generation auf die andere übertrugen wie in Korsika.

»Es handelt sich um zwei Männer?« fragte ich.

Mrs. Murray war aufgestanden, um die Falten eines Vorhangs zurechtzulegen, und antwortete nicht sogleich.

»Einer von den beiden ist ein Mann«, sagte sie. Am folgenden Abend nach dem Nachtessen führte sie mich in den kleinen Salon neben ihrem Schlafzimmer. Ich sehe ihn noch bis in alle Einzelheiten vor mir, so sehr trug er den Stempel einer Epoche und des Geschmackes einer ganzen Nation. Die mit einem bunten Schirm geschmückte Lampe goß ein rosiges Licht über die mit großblumigem Stoff überzogenen Morris-

Polsterstühle, die jederzeit bereit waren, sich in Chaiselongues zu verwandeln. Blumen gab es auch in den silbernen Kelchen, die zusammen mit kindlichen, hübschen Nippsachen aus Silber, mit winzigen Körbchen und Miniaturvasen über Tische und Gestelle verstreut waren. Zwischen den Vasen und Nippsachen standen Fotografien von Personen, Monumenten und Kunstwerken.

Es war ein Stückchen England oder Schottland, das man in ein Schweizer Berghotel versetzt hatte; die Landsleute von Mrs. Murray hätten es einen *cosy corner* genannt, eine gemütliche Ecke, wo man geborgen ist. Es erwachten in mir Erinnerungen an meine ersten Versuche, als ich mit Hilfe des Wörterbuchs die Novellen von Miss Edgeworth und Miss Austen entzifferte.

An diesem Abend sollte ich aber etwas ganz anderes zu hören bekommen.

»Dieser Salon ist ein Eckzimmer«, erklärte Mrs. Murray. »Ich habe keinen direkten Nachbarn; darum habe ich Sie hierher gebeten. Es kann mich niemand hören. Ich will gerne, daß man später liest, was ich Ihnen erzähle; aber ich möchte nicht, daß jemand es jetzt hört. Kommen Sie, setzen Sie sich hierher, mein liebes Kind.«

Meine Adoptivmutter machte es mir in einem Sessel bequem, wickelte mich in Schals ein (sie hatte eben mit Vorsicht ein Fenster geöffnet, um sich zu versichern, daß niemand an einem benachbarten Fenster lauschte) und nahm etwas vom Tisch, das ein Fotografie-Album zu sein schien.

»Meine Freunde machen sich über mich lustig, weil ich nie ohne dieses Album reise«, sagte sie mit einem Lächeln. »Wenn man älter wird, klammert man sich an die Dinge, die in die früheren Zeiten zurückführen. Und wenn ich mein Album mit mir nehme, so ist mir, als ob ich ein Stück meiner Vergangenheit bei mir hätte. Und jetzt schauen Sie dies an!«

Sie gab mir eine Fotografie in die Hand.

»Es ist das Schloß Craven. Die Fotos, die Sie zu sehen bekommen, sind mehr oder weniger im geheimen aufgenommen worden, ich glaube von einem Gast. Wir ersparen uns dadurch lange Beschreibungen. Sie sehen, daß das Schloß in Hufeisenform gebaut ist. Die Halle geht durch zwei Stockwerke; im Erdgeschoß sind die Empfangsräume, Billard-, Rauchzimmer, die Privatwohnung des Schloßherrn, die Wandelhalle, in der die Porträts der Vorfahren Parade zu halten scheinen und die Eingeladenen streng überwachen.

In Schottland waren vom 15. bis zum 18. Jahrhundert die Porträtmaler selten, und die bescheidenen Einkommen der meisten Landedelleute erlaubten es ihnen nicht, sich malen zu lassen.

Die Galerie der McTeam bildete eine Ausnahme. Wer aber den Stammbaum der Familie kannte, wunderte sich, die zwei letzten Sprossen des älteren Zweiges nicht zu finden: Sir Charles und Lady Caroline, seine richtige Kusine, die er geheiratet hatte.

Wenn man darüber einen der Barone des jüngeren Zweiges befragte, so antwortete er unweigerlich, daß die kinderlosen Eheleute es als unnötig erachtet hätten, ihr Bild entfernten Verwandten zu hinterlassen.

Ich fahre fort: im ersten Stock die Zimmer der Gäste, der Diener, die speziell für den Herrn da waren; im Erdgeschoß die übrige Dienerschaft.«

Erstaunt unterbrach ich Mrs. Murray:

»Wie, gnädige Frau! Aber die Dienerschaft wohnt doch sonst immer unter dem Dach oder wenigstens im obersten Stock.«

»Ja, aber in Craven hielt man es nicht wie anderswo«, entgegnete Mrs. Murray, »weil man nicht konnte.«

Sie fuhr fort:

»Ehrenhof mit Treppe zur Halle. Hier ist der Turm des rechten Flügels, zum Teil zerstört; aber der linke Turm ist noch vorhanden, ziemlich hoch, vier Stockwerke. Er ist verstärkt durch Eisenklammern. Sehen Sie hier.«

Sie zeigte mit dem Finger auf das vierte Stockwerk.

»Sie sehen hier nichts Außergewöhnliches?«

»Mir scheint, dieser Turm hat keine Schießscharten«, antwortete ich, »das ist wirklich merkwürdig.«

»Sie irren sich. Er hat Schießscharten, oder er hat vielmehr welche gehabt; sie sind zugemauert. Jetzt schauen Sie dies an, das Schloß von der anderen Seite.«

Sie legte mir eine zweite Fotografie vor die Augen.

»Schauen Sie die Mauer gegenüber dem Turm an!«

Ich prüfte aufmerksam das Stück vergilbten Kartons.

»Nein, ich bemerke nichts Ungewöhnliches. Aber ich habe keine sehr scharfen Augen.«

Mrs. Murray gab mir eine Lupe.

»Und jetzt, sehen Sie?«

»Ich sehe, daß die Mauer auf dieser Seite keine Fenster hat.«

»Sind Sie ganz sicher?«

»Warten Sie ... ja, jetzt erkenne ich fast unmerkliche Linien. Sie bilden Vierecke. Eins ... zwei ... ich komme auf sechs. Man könnte meinen, es wären hier falsche Fenster, Attrappen, die das Auge täuschen. In Italien habe ich dies oft gesehen; aber in Schottland überrascht es mich.«

»Es sind Fenster; sie sind nur blind gemacht worden. Und jetzt schauen Sie dies an!«

Die dritte Fotografie zeigte eine Allee. Der Fotografierende hatte sie an der Stelle aufgenommen, wo sie in einem dunklen Gewirr verschwand, das ich nicht zu deuten wußte.

»Das sind Eiben«, erklärte Mrs. Murray. »Besser gesagt, das ist das Labyrinth, das man im 18. Jahrhundert eingerichtet hat; zu jener Zeit machten Labyrinthe in England und Schottland Furore. In manchem alten Park werden Sie noch welche finden. Aber dieses hier übertrifft alle anderen an

Größe und an Unübersichtlichkeit. Der Schloßherr und einige Diener waren die einzigen, die hineingehen konnten, ohne Gefahr zu laufen, mindestens zwei oder drei Stunden darin umherirren zu müssen, wie es einem Gast passierte, der es nachher nie wieder versuchte. Man sagt, die Leute des Hauses hätten geheime Merkzeichen gehabt. Ein erstes Mal wollte ich mich hineinstehlen. Aber etwas hielt mich davon ab.«

Die Neugier gilt als Fehler für den, der gute Lebensart lernen will, aber sie wird zur unentbehrlichen Tugend für den, der das Leben schildern möchte. Ich ließ nicht nach.

»Etwas! Was denn?«

»Eine Verbotstafel«, war die Antwort.

»Und das zweite Mal?«

»Das zweite Mal drang ich bei Nacht ein«, sagte Mrs. Murray mit einem Schauder, den sie nicht zu verbergen suchte.

»Aber jemand hat mich gezwungen, wieder hinauszugehen.«

»Gezwungen? Jemand? Wer denn?«

»Ein alter Freund.«

Sie fügte hinzu: »Ein Jahr später bin ich wieder gekommen.«

Jetzt ließ ich alle Diskretion beiseite.

»Aber was haben Sie dann gesehen?«

»Ein Grab«, sagte Mrs. Murray.

Ich hatte einen fragenden Blick auf das Album geworfen.

»Dies ist augenblicklich alles, was ich Ihnen über das Schloß sagen kann. Aber wenn Sie den jetzigen Herrn des Schlosses sehen wollen, kann ich Ihnen sein Bild zeigen und mit ihm einen unserer gemeinsamen Freunde. Ich werde Ihnen von beiden viel erzählen müssen. Sehen Sie sie hier! Ich habe mir den Spaß gemacht, sie in dem Augenblick aufzunehmen, als sie mein Haus verließen.«

Das ziemlich große Bild zeigte zwei städtisch gekleidete Herren. Nebeneinanderstehend repräsentierten sie würdig

14

die zwei ungleichen Menschentypen, welche England und Schottland bevölkern.

Der jüngere, groß, blond, schlank, echter Angelsachse, war etwa 25-27jährig. Seine klaren Augen und sein offenes Lächeln zeigten, wie zufrieden es ihn machte, britischer Bürger zu sein, einen König zu haben, Haselhühner zu schießen, Lachse zu fischen und der anglikanischen Kirche anzugehören.

»Das ist Sir Gerald McTeam. Er hat sich wenig verändert. Dieser hier ist Harry Seymour. Sie sind intime Freunde, trotz aller Alters- und Charakterunterschiede oder vielleicht gerade deswegen. Harry hat Gerald immer wie einen jüngeren Bruder behandelt, und wir kennen uns seit unserer frühesten Kindheit.«

Der Kamerad von Sir Gerald mußte etwa zehn Jahre älter sein. Dunkel, breitschultrig, mit energischem Kinn, die Stirne von herrischen Augenbrauen durchquert, stellte er den Typus dar, den man bisweilen in Italien, weniger häufig in England und Schottland antrifft und den Rom als unauslöschliche Spur seiner Eroberungen hinterlassen hat. Aus der Haltung seines Kopfes und seines Körpers schloß ich, daß er Offizier sei, und ich täuschte mich nicht.

»Ein tapferer Ritter, Harry«, bemerkte meine Gefährtin. »Er liebt die Gefahr und die Schwachen (oder die er dafür hält), die er beschützen kann. Ich habe es erfahren dürfen. Und hier ist das letzte Bild, mein Patenkind. Aber das ist schon sehr lange her.«

Es war das Bild eines jungen Mädchens. Ich betrachtete ein von lockigen Haaren umrahmtes, fast kindliches Gesicht mit einem Lächeln, das Grübchen in die runden Wangen zauberte. Eine Bluse aus leichtem Stoff, wenig ausgeschnitten, ließ den Hals frei. Eher kräftig, rund und unten etwas stärker, glich er der Kehle einer Taube. Es gibt Frauenbilder, deren Lächeln man unwillkürlich erwidert; das tat ich hier.

»Sie ist reizend, nicht wahr?« sagte Mrs. Murray. »Und jetzt, da Sie den Ort der Handlung und die Hauptpersonen kennen, werde ich Ihnen die Geschichte erzählen. Aber geben Sie mir zuerst die Wolle und das Häkchen dort, bitte schön! Ich verliere den Faden meiner Erzählung, wenn ich kein Garn mehr zwischen den Händen habe.«

Ich behaupte nicht, in meinem Bericht die Kunst der Sprecherin und den Reiz einer lebendigen Erzählung wiedergegeben zu haben. In der nun folgenden Geschichte habe ich absichtlich nicht versucht, den Ton und den Charakter der gesprochenen Sprache beizubehalten. Es mußten viele Fragen und Abschweifungen weggelassen werden. Aber ich habe mich wenigstens bemüht, alles Wichtige festzuhalten. Ich habe mich darauf beschränkt, den Namen des Wohnsitzes und der Familie zu ändern, auf denen während fast zwei Jahrhunderten der seltsamste und unverdienteste Fluch lastete.

»Wir sind nahe verwandt, Gerald und ich«, begann Mrs. Murray, »und ich kenne ihn seit seiner Kindheit. Doch habe ich ihn nie im Schloß getroffen vor dem Tage, da er mich einlud. Eine der Eigenheiten dieses Hauses oder vielmehr des Hausherrn war es, daß er nie Kinder, Knaben oder Mädchen, einlud, nicht einmal seine eigenen Neffen und Nichten, und sehr selten Frauen. Diejenigen, die er bisweilen zur Jagdsaison aufforderte, waren meistens . . . Amazonen. Ich verstehe darunter Frauen, die reiten und ein Gewehr handhaben konnten und die nicht vor jeder Kleinigkeit erschraken. Die Gäste von Craven hatten schließlich auch eine andere Eigenheit bemerkt: Wenn der Schloßherr junge Frauen empfing, waren es ohne Ausnahme Junggesellinnen, Witwen oder seit einiger Zeit Geschiedene. Als noch seltsamer füge ich hinzu: Der Herr von Craven schloß von seinen Einladungen die jungen Frauen aus, deren Ruf oder deren bloßes Benehmen den leisesten Zweifel aufkommen lassen konnte. Aber wenn es sich um Unverheiratete oder um Frauen im kanonischen Alter handelte, schien er sich sehr wenig darum zu kümmern, ob über sie geklatscht wurde oder nicht. Dieser Widerspruch reizte natürlich zu endlosen Kommentaren. Warum dieser spröde Puritanismus gegenüber den einen und diese unbeschränkte Nachsicht gegenüber den anderen?

Übrigens verkürzten die meisten eingeladenen Frauen ihren Aufenthalt und lehnten eine Wiederholung unter irgendeinem Vorwand ab. Wenn man sie nach dem Grund fragte, antworteten sie unfehlbar, daß es ›unbehaglich‹ sei. Die englische Bezeichnung dafür hat einen weiteren Sinn; sie kann ebensowohl ein geistiges wie ein materielles Mißbehagen bedeuten. Aber ich werde Sie in Erstaunen setzen, wenn ich Ihnen sage, daß all dies noch die geringste Seltsamkeit der Barone von Craven war. Sie hatten eine andere, die man in ihrer Beharrlichkeit als einzigartig bezeichnen kann: Sie verheirateten sich nicht. Seit zwei Jahrhunderten, seit 1700, um genau zu sein, hatten sich die Barone des jüngeren Zweiges nicht verheiratet, außer dem ersten. Diese Ausnahme wurde nicht glücklich. Der neue Schloßherr verlor seine junge Frau plötzlich vor ihrer Niederkunft. Die Ursachen dieses Todesfalles sind bis in die letzten Jahre geheim geblieben.

Seit zweihundert Jahren also vererbten sich das Schloß und die Domäne regelmäßig vom Onkel auf den Neffen. Die Umstände, welche diese Besitzwechsel begleiteten, waren immer die gleichen. Der Neffe verließ seinen bisherigen Wohnsitz und begab sich nach Craven, um fröhlich von dem stattlichen Vermögen, dem schönen Landgut und der außergewöhnlich reichen Bibliothek Besitz zu ergreifen. Die Herren von Craven lasen zweifellos viel, um sich die Einsamkeit zu verscheuchen.

Selten kehrte der schweigsame, veränderte Schloßherr in die Gesellschaft zurück. Meist kam er gar nicht mehr und blieb das ganze Jahr zwischen Heide und Sümpfen; er weigerte sich, wegzugehen und sich zu verheiraten. Und er erlosch dort, indem er das Erbe dem Ältesten der näheren Verwandtschaft hinterließ. Nach jedem Ableben fing alles *da capo* wieder an, drei- oder viermal im Jahrhundert. Seit der jüngere Zweig in Craven residierte, wurden die Barone nie sehr alt.

Sie fragen mich, ob man sich nicht darüber wunderte. Gewiß wunderte man sich und man suchte nach dem Grund eines so seltsamen Benehmens. Man sagte schließlich – und man schrieb es auch, weil man es gesagt hatte –, daß sich von einer gewissen Zeit an in der Familie eine vererbte Neigung zu Hypochondrie und besonders zu Misogynie gezeigt habe. Diese krankhaften Anlagen verstärkten sich ganz natürlich in einem alten einsamen Kastell, mitten in der trostlosesten Gegend, die Gott je geschaffen, um die Menschen zu bestrafen. Sie fragen mich, was die Schloßherren hinderte, ihren Wohnsitz und ihre Sümpfe zu verlassen?«

Mrs. Murray legte ihre Handarbeit auf die Knie und wandte sich direkt an mich.

»Mein liebes Kind, die Dinge haben sich in den letzten Jahren sehr geändert und die Begriffe auch. Aber noch vor zwanzig Jahren hätte ein schottischer Edelmann den Boden und das Haus, das er von den Vorfahren geerbt, nicht verlassen. So gut wie die Vorrechte, nahm er auch die Bürden auf sich, die ihm sein Stand auferlegte. Und wenn seine neue Stellung ihm ein furchtbares und schändliches Geheimnis offenbarte, das seinen Namen der Achtung beraubte und seine Familie demütigte (hier schien die Erzählerin ihre Worte zu überstürzen), dann wurde er eben der Hüter dieses Geheimnisses; er war dafür verantwortlich. Und er blieb auf seinem Schloß.

Ich kehre zu meiner Erzählung zurück. Gerald erklärte die düstere Gemütsverfassung seiner Ahnen der Nebenlinie wie alle anderen Leute. Er kümmerte sich nicht um sein künftiges Erbe, das er unehrerbietig einen ›Froschpfuhl‹ nannte. ›Mein

Onkel‹, sagte er, ›hat mich vor fünf Jahren dorthin eingeladen zur Auerhahnjagd, und ich habe die alte Bude und die Umgebung gesehen. Man bekommt Lust, sich aufzuhängen.‹

›Aber man sagt, das Schloß sei sehr schön?‹ erkundigte ich mich.

Auf diese Frage hatte Gerald eine Grimasse geschnitten.

›Ja ... das ist möglich ... Aber wissen Sie, ich mache mir nicht viel aus solchen Gebäuden. Ich hätte lieber etwas weniger Zinnen und etwas mehr Badezimmer. Und dann ist es eine merkwürdige Atmosphäre, in der man dort lebt.‹

›Wieso merkwürdig?‹

Gerald kramte seine Erinnerungen aus. Überall gab es Widersprüche, Einschränkungen, die man nicht verstand und die einem niemand erklärte. Da war eine mit dreifachem Riegel verschlossene Türe, eine verbotene Treppe, eine versperrte Allee, ein vermauertes Fenster. Er, Gerald, glaubte, den Grund dieser auffälligen ›Komödie‹, wie er es nannte, entdeckt zu haben. ›Ich habe immer gedacht, Onkel Sam verberge etwas – oder einen – oder vielmehr eine – in diesem riesigen Gebäude. Er ist ja noch rüstig, der alte Kauz. Schließlich kann man es begreifen. Aber mit der Zeit geht einem diese Geheimniskrämerei auf die Nerven.‹

Nach einer Pause hatte er fröhlich hinzugefügt: ›Und wissen Sie, was für eine Idee ich habe? Ich wäre nicht erstaunt, wenn dies das Geheimnis wäre, von dem man spricht, wenn man sich nichts anderes zu erzählen weiß. Ich glaube, die Barone von Craven haben nie ein junges Mädchen ihres Standes gefunden, das sie geheiratet und mit ihnen in diesem Eulennest gelebt hätte. Die Barone mußten sich mit ihren Vasallinnen begnügen. Das war übrigens einmal gebräuchlich.‹

Diese Erklärung stimmte nicht überein mit dem Frauenhaß, von dem ich vorhin gesprochen habe; aber ich hatte keine Lust, darüber zu diskutieren.

Gerald schwieg eine Minute und fing dann wieder an:

›All dies erklärt, warum die Eingeladenen wie kleine Knaben behandelt werden.‹

›Wieso wie kleine Knaben?‹

›Ja, man kommt sich vor wie in einem Pensionat, wie in einer Erziehungsanstalt. Erstens ist es verboten, in den Turm zu steigen, weil die Treppen in heiklem Zustand sind. Wenn sie aber gefährlich sind, warum läßt man sie nicht ausbessern? frage ich mich. Und dann ist es verboten, nach elf Uhr abends sein Zimmer zu verlassen.‹

›Gerald, wirklich?‹

›Und man muß seine Türe nachts mit dem Schlüssel abschließen. Ich schwöre Ihnen, Kusine Edith, daß dies wahr ist. Onkel Samuel nahm jeden seiner Gäste beiseite und bat ihn sehr höflich, sich an diese drei Vorschriften zu halten, die einzigen des Hauses, fügte er hinzu, und er sagte dann, was ich Ihnen soeben erzählt habe. Das ist übrigens nicht weiter verwunderlich. Sie begreifen, wenn er in diesen Stunden in angenehmer Gesellschaft durch die Korridore ging, war es ihm lieber – und ihr wohl auch –, nicht gesehen zu werden.‹

Gerald schloß mit einem Gelächter, und ich hatte mir beim Anhören dieser kleinen Rede meine Gedanken gemacht.

›Wenn dies wirklich der Fall ist, so verstehe ich, daß die Gäste gebeten werden, ihre Zimmer nicht zu verlassen nach einer gewissen Stunde. Aber warum zwingt man sie, ihre Türen während der Nacht verriegelt zu halten?‹

›Das soll sie vielleicht an das Verbot erinnern‹, erklärte Gerald friedlich.

Ich wagte eine Frage, die mich seit einigen Minuten plagte:

›Und während Ihres Aufenthaltes, haben Sie da nichts Verdächtiges gehört in der Nacht?‹

›Ach, wissen Sie, erstens habe ich nur fünf Nächte unter dem Dach von Onkel Samuel zugebracht, und ich schlafe wie ein Dachs, und dann liegen ja überall die Badezimmer vor den Schlafzimmern; sie gehen direkt auf den Korridor, so daß das Schlafzimmer weiter zurückliegt. Man hat dies offenbar schon vor langer Zeit so gemacht. Es ist eine komische Einrichtung; aber man hört dann durch zwei Zwischenwände wirklich nicht viel. Und dennoch ...‹

Gerald hielt inne.

›Dennoch haben Sie etwas gehört?‹

›Nein, ich nicht. Aber ich erinnere mich jetzt, daß Fred Burnett, der mein Zimmernachbar war, mir erzählt hat, daß er einmal gegen Mitternacht wieder aufgestanden sei, um sein Gebiß ins Wasser zu legen, was er beim Zubettgehen vergessen hatte. Und er hörte die Schritte mehrerer Personen und gleichzeitig ein seltsames Geräusch.‹

Ich erinnere mich, daß Gerald hier eine Pause machte.

›Nun, nämlich?‹

›Warten Sie ... Ich möchte Ihnen das so genau wie möglich erzählen, und es ist ein wenig kompliziert. Warten Sie ... Ja, jetzt habe ich es. Fred sagte mir, daß es tönte, wie wenn ein großer Haufen nasser Wäsche aus einer gewissen Höhe zu Boden fallen würde. Das Geräusch wiederholte sich alle zehn oder zwanzig Sekunden, sagte Fred, der es sehr genau nimmt. Am seltsamsten kam es ihm vor, daß, wenn dieses Geräusch aufhörte, die Schritte weitergingen; aber wenn das Geräusch wieder anfing, hörten die Schritte auf. Das setzte sich fort auf der Treppe, die zur Halle führt und die übrigens sehr merkwürdig konstruiert ist. Und dann erlosch das Geräusch nach und nach. Fred dachte, daß es unter dem Schloßpersonal einige dumme Witzbolde geben müsse, die sich auf ihre Weise amüsierten. Das würde mich nicht wundern. Wenn man gezwungen ist, in einer so langweiligen Gegend zu wohnen, sucht man schließlich irgendwelche Zerstreuung.‹

Das alles lag innerhalb der Grenzen des Möglichen. Nur in einem Punkt schienen mir die Erklärungen meines Vetters nicht ganz einleuchtend.

›Aber Gerald, wieso haben denn während vierhundert Jahren Ihre Vorfahren Frauen zum Heiraten gefunden, obwohl sie in dieser Gegend und in diesem Schloß wohnten?‹

Auf diese Frage hatte Gerald als echter Brite mit einem Achselzucken geantwortet, das sagen wollte: Wenn man eine vernünftige Begründung gefunden hat, warum soll man sich dann unnötig den Kopf zerbrechen?

Ich fragte nicht weiter, aber ich blieb einen Augenblick nachdenklich. Hatten die Vorsichtsmaßnahmen Onkel Samuels irgendeine Beziehung zum Geheimnis von Craven? Oder stellten sie eine isolierte Handlung dar, die durch spezielle Umstände gerechtfertigt war? Um dies zu wissen, hätte man nichts Geringeres als eine Untersuchung über eine Zeitspanne von zwei Jahrhunderten durchführen müssen. Ich hatte weder die Möglichkeit noch den Wunsch, eine solche Aufgabe zu lösen. Aber konnte man annehmen, daß hier wirklich ein Zusammenhang bestand und daß alle McTeam seit zweihundert Jahren ihre Gäste in ihren Zimmern eingeschlossen und von einer bestimmten Stunde an ihre Türen verriegelt hätten? Das war unwahrscheinlich.

Über den Wäschehaufen machte ich mir keine weiteren Gedanken. Ich war alt genug, um zu wissen, daß die seltsamsten Geräusche oft die allergewöhnlichste Ursache haben.

Die Stimme meines Vetters unterbrach meine Gedankengänge.

›Das ist übrigens nicht das einzige, was seltsam ist.‹

Man war offensichtlich in mitteilsamer Stimmung. Ich gestehe, daß ich dies ausnützte.

›Nun, Gerald, wenn Sie mir etwas zu sagen haben, so sagen Sie es. Es ist möglich, daß ich eines Tages auf das Schloß eingeladen werde. Es ist mir wichtig, unterrichtet zu sein.‹

›Nun, wenn Ihnen daran liegt. Ich sprach von einer verbotenen Treppe, nämlich im Turm. Kennen Sie die Ausrede, mit der man dieses Verbot erklärt? Die Treppe sei vermodert!

Nun, Fred Burnett hat sich den Turm angesehen. Die Treppe ist aus soliden Quadersteinen gebaut und scheint den Jahrhunderten zu trotzen. Fred hat sich nicht gescheut hinaufzusteigen. Alles, was er sehen konnte, war, daß die Treppe zu einem Zimmer führt, das buchstäblich mit Büchern tapeziert ist. In Eile schaute er einige an. Es waren land- und forstwirtschaftliche Abhandlungen in englischer, französischer und deutscher Sprache. Die ältesten datierten von 1700, die neuesten von 1900.

Eine solche Sammlung verdient allerdings nicht, daß man sie mit so viel Sorgfalt verbirgt und daß man sie mit Hilfe einer Lüge beschützt! Die Treppe war, wie gesagt, vollkommen in Ordnung. Fred hat freilich nicht den ganzen Turm besichtigt. Die Türe eines anstoßenden Zimmers war verschlossen.

Und nicht nur das ist seltsam.‹

›Was denn noch?‹

›Nun, mir schien mehr als einmal, daß Onkel Sam nicht Herr in seinem eigenen Hause sei.‹

Ich wollte dies bestreiten. Onkel Sam, mein Vetter zweiten Grades, galt mit Recht als wenig umgänglicher Charakter. Ich erinnerte mich an seine grauen Augen, die nahe bei der Adlernase standen, an seinen dreieckigen, nie vernachlässigten Bart. Ich erinnerte mich besonders, wie eine Blutwelle seinen Hals, sein Gesicht und sogar seine Ohren übergoß, wenn der geringste Widerstand sich erhob. Gerald kam meiner Antwort zuvor.

›Sie würden dies auch sagen, wenn Sie in Craven gewohnt hätten. Erstens gibt es eine Menge Dinge, die man ändern oder modernisieren sollte, um behaglich leben zu können, und statt dessen läßt man sie, wie sie vor hundertfünfzig oder vor zweihundert Jahren waren. Und doch war Onkel Sam nicht leicht zufriedenzustellen, wenn er nach London kam oder wenn er in sein Haus nach Edinburgh ging. Die Diener könnten Ihnen davon etwas erzählen. Und hören Sie! Eines Tages zeigte er mir den Rosengarten, der ziemlich weit vom Hause entfernt liegt. Längs des Rosengartens steht eine Reihe alter Eichen. Onkel Sam ist in die Rosen vernarrt wie ich. Er besichtigte sie genau, und plötzlich brüllte er, er möchte diese verdammten Eichen niederreißen, die seine Rosen zugrunde richteten. Ich fragte ihn, warum er sie nicht fällen ließe. Er brummte in seinen Bart, daß es schade wäre, Bäume zu schlagen, die über siebzig Jahre alt seien. Dabei wurde er rot wie ein gekochter Hummer. Und er murmelte irgend etwas zwischen den Zähnen. Ich hörte etwas, wie ›Füße und Hände gebunden‹.‹

›Rot?‹ sagte ich verwundert, ›warum denn wurde er rot?‹

›Weil er die Wahrheit nicht sagte‹, erwiderte Gerald ohne Zögern. ›Ich bin sicher, daß jemand ihn hinderte, die Eichen zu fällen.‹

Gerald machte eine Pause. Dann fuhr er fort: ›Übrigens ist es allerorts das gleiche. Man könnte glauben, es habe sich nichts geändert in den Gärten und im Schloß (außer dem Rosengarten) seit zweihundert Jahren. Ich frage mich, ob alle diese Leute Geizhälse waren. Aber doch sind die Häuser der Pächter gut unterhalten und bequem eingerichtet, sogar modern. All das ist sehr merkwürdig.‹

Einige Wochen später

Andere Dinge beschäftigten mich und lenkten meine Aufmerksamkeit von Craven ab.

Einige Wochen später sollte mich ein neues Ereignis darauf zurückführen. Der Schloßherr von Craven starb plötzlich an einem Schlaganfall, und zwar infolge eines heftigen Zornausbruchs. Nach dem Bericht der Zeugen hatte eine Uneinigkeit zwischen Sir Samuel und einem der alten Diener, der sich weigerte, im Innern des Schlosses die von Onkel Sam verlangten Arbeiten ausführen zu lassen, die Katastrophe heraufbeschworen. ›Ich kann nicht, Sir‹, hatte der Diener hartnäckig wiederholt.

Ich kannte meinen jungen Vetter. Ich wußte, daß er nicht imstande war, die Einsamkeit lange zu ertragen, und daß er auch nicht geneigt war, sie nach der Methode von Onkel Samuel zu bekämpfen. Darum war ich nur halbwegs überrascht, als er mir seine Absicht mitteilte, sich so schnell wie möglich zu verheiraten. Einzig sein bescheidenes Vermögen hatte ihn abgehalten, sich schon früher zu erklären, sagte er mir. Seit zwei Jahren liebte er Kitty, mein Patenkind, und er bat mich, es ihr zu sagen.

›Aber warum gehen Sie nicht selber zu ihr?‹ fragte ich.

Gerald war weder eingebildet noch eitel.

›Wenn sie mich abweist‹, sagte er einfach, ›will ich es lieber durch Sie vernehmen.‹

Ich zweifelte nicht an der Antwort, und ich suchte Kitty auf, die ganz in meiner Nähe wohnte. Zuerst schaute sie mich mit offenem Munde an, wie wenn sie kein Wort davon glauben würde, und schließlich schluchzte sie, sie sei die glücklichste aller Frauen. (Diese Art, das Glück zu bezeugen, ist uns Frauen eigen. Vielleicht werden Sie es eines Tages erfahren.) ›Er denkt seit zwei Jahren an Sie‹, sagte ich zu Kitty, indem ich ihr mit meinem Taschentuch die Augen abtupfte.

›Zwei Jahre‹, sagte sie, ›bei mir sind es vier.‹

Alles ordnete sich aufs beste. Doch da überkamen mich auf einmal eine Erinnerung und ein Bedenken. Kitty war zugleich meine Nichte zweiten Grades (*à la mode de Bretagne*, wie die Franzosen sagen) und mein Patenkind. Es war meine Pflicht, sie an das Geheimnis von Craven zu erinnern. Aber schon bei den ersten Worten unterbrach sie mich, strahlend, mit noch feuchten Augen.

›Oh, was macht mir das‹, sagte sie, ›mit ihm fürchte ich mich vor nichts. Und wer denkt überhaupt noch an diese alten Geschichten? Mir scheint, es haben immer alle ruhig in dem Schloß gelebt.‹

Ich bin gewiß nicht prüde, aber trotzdem zog ich es vor zu schweigen. Es schien mir nicht angebracht, mit einer jungen, von Liebe und Glück beseligten Braut über Ereignisse zu sprechen, bei denen eine bei der Niederkunft gestorbene junge Frau, mehrere hypochondrische junge Männer und ein im Zorn vom Schlag getroffener Greis eine Rolle spielten. Was könnte übrigens eine liebende Frau erschrecken oder entmutigen, besonders wenn sie schon vier Jahre verliebt ist! Ich umarmte meine Adoptivtochter; ich lud das Brautpaar zum Essen ein, und nach der Mahlzeit verschwand ich diskret unter dem Vorwand, Briefe schreiben zu müssen, wie es so gebräuchlich ist.

Um sich an das Herkömmliche zu halten, bestimmte man, daß die Hochzeit erst in zwei Monaten stattfinden solle. Ein Monat verging, währenddessen ich Muße hatte, Kitty zu beobachten. Nach vierzehn Tagen fing sie an, mir Sorgen zu machen. Ein Schatten, irgend etwas Unruhiges huschte manchmal über ihr Gesicht, das zu Beginn der Brautzeit so strahlend gewesen war. Meiner Mutterrolle getreu, fragte ich sie, ob ihr etwas fehle. Sie antwortete mir, es gehe ihr sehr gut, und ich drang nicht weiter in sie. Gerald aber sah nichts. In seinem Glück weigerte er sich hartnäckig, auf Craven, wie es sich gehört hätte, einen Besuch zu machen, um die Schlüssel aus den Händen des Verwalters zu empfangen und um seinen Besitz zu übernehmen.

›Ich, jetzt dorthin reisen!‹ hatte er ausgerufen. ›Erstens braucht mich der Butler nicht, um die Dame, die Onkel Sam Gesellschaft geleistet hat, mit Dank zu entlassen. Und dann ist es noch früh genug, nach Craven zu gehen, wenn ich meine Frau dorthin führen muß. Ich habe keine Lust, allein in diesem Froschteich zu wohnen, nicht einmal vierundzwanzig Stunden lang.‹

Später habe ich oft an diese letzten Worte gedacht.

Nun, mein liebes Kind, ich kann Ihnen sagen, daß der Bräutigam gehörig ins Gebet genommen wurde von einigen alten Kusinen, zu denen auch ich gehörte. Man hielt ihm vor, daß es hundert Unannehmlichkeiten hätte, eine junge Frau einfach und ohne weiteres in ein sechshundert Jahre altes Haus zu führen, in dem ausschließlich Männer gewohnt hatten. Er müsse sich zuerst versichern, daß Kittys Wohnräume bequem und zu ihrem Empfang bereit seien. Diese Idee leuchtete ihm ein; er reiste ab, indem er Kitty und mir versprach, uns gleich nach seiner Ankunft zu schreiben. Der nächste und der übernächste Tag gingen dahin, ohne Nachrichten zu bringen – was uns indes nicht wunderte. Die Verbindungen zwischen dem Schloß und der Eisenbahn waren nicht zahlreich und immer auch beschwerlich. Als aber acht Tage vergangen waren, fing ich an, mich ernstlich zu sorgen, und was mich noch mehr beschäftigte als das Schweigen Geralds war das

Schweigen Kittys. Sie äußerte kein Wort der Ungeduld oder gar der Unruhe. Aber nach zwei Tagen sprach sie nicht mehr von ihrem Bräutigam, und ich wagte nicht, mit ihr von ihm zu sprechen. Ihr verschlossenes Gesicht und ihre Antworten machten mir angst.

Es konnte sich nicht um ein Unglück handeln. Die Zeitungen oder auch ein Telegramm von irgendeinem Diener hätten uns sofort benachrichtigt. Was ging also vor? Ich war soweit, dem Butler zu telegrafieren; ich dachte sogar daran, nach Craven zu reisen, als am Morgen des zehnten Tages der versprochene Brief kam. Gewiß hatte Kitty auch einen erhalten, endlich!

Der Brief enthielt nur zehn bis zwölf Zeilen. Gerald gab Kitty ihr Jawort zurück und er bat mich, es ihr zu sagen.

Dieses Schreiben, in großer Gemütsbewegung ungeschickt abgefaßt, blieb mir unverständlich.

›Ich habe zuerst gemeint, ich könne die Dinge in Ordnung bringen‹, schrieb er. ›Sie werden mir glauben, daß ich alles getan habe, was ich konnte. Nach acht Tagen mußte ich erkennen, daß es unmöglich ist. Sagen Sie Kitty, ich gebe ihr ihr Wort zurück, ich werde aber das meinige nie zurücknehmen oder höchstens, wenn sie sich verheiratet. Sagen Sie ihr auch, damit wir uns heiraten könnten, müßte ein Ereignis eintreten, auf das ich nicht einmal zu hoffen das Recht habe. Sagen Sie ihr schließlich, ich sei unglücklicher als sie, denn das ist wahr.‹ Dann folgte die Unterschrift und nichts sonst. Das Blatt fiel mir aus den Händen.

Ich versuchte zuerst nachzudenken. Geheimes Verhältnis, uneheliches Kind, plötzlicher Anfall von Geisteskrankheit? Alle diese Vermutungen fielen vor dem gesunden Menschenverstand zusammen. Und als ich meine Phantasie auf Reisen schicken wollte, versperrte ihr der Satz den Weg: Es müßte ein Ereignis eintreten, auf das ich nicht einmal zu hoffen das Recht habe.

Und ich sollte meinem armen Kind die nackte Tatsache mitteilen, ohne Erklärung, ohne eine jede Rechtfertigung. Zuerst Botin des Glücks, einen Monat später Verkünderin des Unheils. Meine Aufgabe war furchtbar.

Ich war kurz davor, Gerald zu telegrafieren: Schreiben Sie ihr selber. Wie ich ihm vor ein paar Wochen gesagt hatte: Gehen Sie selber zu ihr. Aber ich besann mich anders. Mein Patenkind besuchte mich jeden Tag. Sie würde sich schließlich beunruhigen; sie würde mich fragen. Und wie stünde ich dann da? Was könnte ich ihr antworten, ohne sie zu belügen? Und zu welchem Zweck? Um den Schlag zu verzögern? Je länger er hinausgeschoben wurde, um so schlimmer wurde er. Und immer schwerer würde mir der Mut zur Mitteilung.

Klopfenden Herzens, mit einem Würgen in der Kehle, beeilte ich mich, Kitty aufzusuchen – denn man eilt ja zu dem, was man fürchtet. Als ich eintrat, saß sie neben dem Fenster und sie schaute mich an, ohne aufzustehen. ›Ich habe Sie von weitem gesehen‹, sagte sie. ›Sie kommen, um mir zu sagen, daß Gerald mich nicht mehr heiraten will.‹

Was folgte, war kurz. Mit schwacher Stimme anvertraute sie mir, daß von der zweiten Woche an anonyme Briefe, die in unbestimmten Wendungen abgefaßt waren, sie vor dem wahrscheinlichen Ende dieser Verlobung gewarnt hatten. Sie schrieb diese Mitteilungen der Eifersucht einiger alter Verehrerinnen zu und war etwas beunruhigt. Aber sie war zu stolz, um mich auszufragen; sie drängte ihre Tränen zurück und wollte nicht einmal Geralds Briefchen lesen. ›Er hat mir mein Wort zurückgegeben‹, sagte sie. ›Das ist alles.‹

Als ich später wieder zu Hause war, sah ich immer noch dieses völlig veränderte Gesicht vor mir. Daß Kitty, welche sonst die Sanftmut selber war, mir mit dieser Herbheit antwortete, bewies mir, daß sie in ihrem Frauenstolz wie in ihrer Liebe verletzt worden war. Und es war ja auch wirklich schlimm. Ich war entrüstet über meinen Vetter. Ich verwünschte seinen Leichtsinn, seine Sorglosigkeit. Bevor man einen Heiratsantrag macht, muß man sicher sein, sich verheiraten zu können. Jetzt wußten unsere ganze Verwandtschaft, unsere Freunde, unsere Bekannten von dieser Verlobung. Alle hatten in der Zeitung die klassische Formel gelesen: *A Marriage is to take place* ...

Sie würden alle von der Auflösung hören. Sie würden in meinem Salon aufmarschieren und vielleicht auch bei der verlassenen Braut, mit Worten der Teilnahme und der Ermutigung. Und sehr wahrscheinlich würden mitleidige Tanten und Kusinen auch einige indiskrete Fragen hinzufügen.

Auf diese Fragen hätte ich nur eine Antwort: Kitty ist verlassen worden. Das ist alles, was ich weiß, und sie auch. Und das wäre wahr. Warum nur, warum hatte er sich nicht erklärt? Die Frage stieg immer wieder in mir auf, wie eine Wespe immer wieder um unsere Ohren summt. Da ich nichts Besseres tun konnte, wollte ich wenigstens den Brief vernichten. Ich hatte ihn ergriffen und wollte ihn in Stücke zerreißen mit einem boshaften Vergnügen, wie man es empfindet, wenn man ein giftiges Insekt zertritt. Da hielt ich plötzlich inne; das Blatt lag noch unversehrt in meinen Händen. Ein längst vergessener Rat kam mir wieder in den Sinn.

Bei einer Familienzusammenkunft hatte einer meiner Onkel, ein mit allen Finessen seines Berufes vertrauter Jurist, das Gespräch auf einen Fall gebracht, ein wahres kriminalistisches Rätsel, das damals ganz England in Aufregung versetzte. Von da kam er auf rätselhafte Schreiben und dunkle Botschaften zu sprechen. ›Wenn Sie je derartige Briefe bekommen‹, hatte er ausgerufen, indem er sich an zwei oder drei junge Advokaten wandte, die am Anfang ihrer Laufbahn standen, ›dann hüten Sie sich wohl, sie ins Feuer zu werfen, wie man es gewöhnlich macht unter dem Vorwand, sie seien unverständlich oder unnütz. Behalten Sie sie wohlverschlossen auf. Und dann lesen Sie sie wieder und wieder, mit ausgeruhtem Kopf. Prüfen Sie die Schrift. Lassen Sie kein Wort vorbeigehen, ohne alle seine Bedeutungen studiert zu haben. Dann sollte es wundern, wenn nicht irgendein Indiz Sie auf die Fährte bringt. Warum? Weil solche Mitteilungen sehr oft in einem Moment der Erregung ausgedacht und niedergeschrieben werden, und es ist selten, daß eine von Erregung ergriffene Person sich nicht auf irgendeine Weise verrät. Achten Sie besonders auf durchgestrichene Stellen! Wer gezwungen ist zu streichen, ist nicht im Besitz all seiner Kräfte. Wenn er ihrer mächtig wäre, würde er nicht streichen. Neunzig von hundertmal kommt beim Streichen ein Haken zum Vorschein. Und der Haken hat schon mehr als einmal aus den trüben Wassern den Leichnam, den man suchte, herausgefischt.‹

In Geralds Brief gab es eine gestrichene Stelle. Bis jetzt war sie fast unbemerkt geblieben, ein bedeutungsloser Federstrich. Nun erschien sie mir wie ein schwarzer Schlußstrich, dem noch ein Punkt folgte. Der Brief wurde aus seinem Umschlag genommen. Ich ging sogleich auf die letzte Zeile los. ›Es müßte ein Ereignis eintreten, auf das ich nicht einmal zu hoffen das Recht habe.‹ Dann folgte die besagte Streichung.

Aber wie seltsam sie war! Die Stelle schien mit zwei verschiedenen Tinten gemacht worden zu sein.

Nach dem Rat meines Onkels fing ich an, die Schrift zu prüfen. Sie schien mir weniger bestimmt als gewöhnlich. Ich hielt mich nicht bei diesem Umstand auf, der ja begreiflich war. Etwas anderes nahm meine Aufmerksamkeit in Anspruch. Alle Buchstaben, die dem durchgestrichenen Satz vorangingen, zeigten eine blasse Tinte. Alle, die nachfolgten, waren kräftig hervorgehoben. Ich schloß daraus, daß in einem bestimmten Augenblick dem Verfasser dieser Zeilen die Tinte ausgegangen war. Was hatte man wohl in jene Tinte getan, welche die ausgestrichenen Worte verdeckte? Ihre

bleierne Farbe erstaunte mich. Kaum hatte ich das Wort
›bleiern‹ formuliert, als mir die Antwort einfiel. Der Satz war
mit Bleistift durchgestrichen. In seiner Erregung, in seiner
Hast, fertig zu werden, hatte Gerald den ersten besten Bleistift genommen, um die gefährlichen Worte zu verbergen.
Und als das Briefchen fertig war, hatte er sich nicht einmal
Rechenschaft gegeben, daß seine Vorsichtsmaßnahme nicht
viel wert war. Mein erster Gedanke war: Das sieht ihm ähnlich. Und der zweite: Ich habe einen Radiergummi bei meinem Schreibzeug.

Als ich ihn benützte, waren meine Hände feucht. Was
würde ich entdecken? Vielleicht nichts, vielleicht ... alles,
und was wäre dieses ›alles‹?

Nach zwei Minuten waren fünf Wörter zum Vorschein
gekommen, eines nach dem andern. Nun lautete der ganze
Satz, wie er jetzt dastand: ›Es müßte ein Ereignis eintreten,
auf das ich nicht einmal zu hoffen das Recht habe, denn es
wäre ein Todesfall.‹

Ich glaube, wenn jemand in diesem Augenblick ins Zimmer
getreten wäre, hätte er mich in meinem starren Erstaunen
für eine Bildsäule gehalten. Und ich hatte geglaubt, des Rätsels Lösung zu finden!

Ein Todesfall! Nur ein Todesfall hätte Gerald gestattet,
das junge Mädchen zu heiraten, dem er Treue gelobt hatte.
Romane, wie sie in meiner Jugendzeit Mode waren, fielen mir
ein. Eine geheime Hochzeit findet statt; die Frau, die einen
teuflischen Charakter hat, verschwindet nach einigen Monaten. Dann fabriziert sie einen Totenschein, der ihrem Gatten
in die Hände kommt, man weiß nicht wie. Und schließlich,
ein Jahr nachdem sie verschwunden, kommt sie aus Mexiko
zurück und stürzt in die Kirche, wo der Gatte, der sich Witwer
glaubt, zum zweitenmal heiratet unter den Blicken einer zahlreichen, andächtigen Gemeinde. Oder – eine Variante, die
besonders von den Leserinnen goutiert wurde – sie streift bei

Anbruch der Dunkelheit um das Landhäuschen oder noch besser um das Schloß, wo das liebende Paar seine Flitterwochen feiert und stattet den Jungverheirateten einen unerwarteten Besuch ab.

War Kittys Verlobter das Opfer eines derartigen Streiches? Rächte sich vielleicht die Verfasserin eines anonymen Briefes? Aber warum hätte Gerald in diesem Fall nicht sofort gestanden, da er doch List und Verstellung verachtete?

Ich bemerkte nun, daß ich abgeirrt war. Wenn er schon verheiratet gewesen wäre oder wenn er ein Unrecht durch Heirat hätte gutmachen wollen, so hätte er nicht seiner ehemaligen Braut versichert, ihr unwandelbar treu zu bleiben. Und Gerald hatte ein gutes Herz. Trotz seines seltsamen Benehmens hielt ich ihn für einen Gentleman.

Nie hätte er den Tod einer Frau oder einer Geliebten, sei sie auch noch so schlimm gewesen, als ein wünschenswertes Ereignis bezeichnet. Folgerung: Eine ›Weibergeschichte‹ kam nicht in Betracht. Man mußte eine andere Erklärung finden. Neue Vermutungen folgten. Geldangelegenheiten, gesundheitliche Gründe. Kaum war die Vermutung aufgestellt, so fiel sie auch schon dahin durch die jeweilige Frage: Aber was hätte ein Todesfall damit zu tun?

Nach langem Sträuben ergab ich mich darein, nichts zu verstehen. Einige Minuten lang hatte ich ergebnislos alles Wahrscheinliche und alles Mögliche erwogen. Ich dachte nicht an die nächstliegende Lösung.«

Mrs. Murray unterbrach sich. »Sie haben vieles gelesen, nicht wahr?«, sagte sie. »Und Sie haben Physiologie und Psychologie studiert. Ich glaube, Sie haben sogar medizinische Studien getrieben.«

»Ich weiß ein wenig von all dem. Aber ich maße mir nicht an, wissenschaftliche Kenntnisse auf diesen Gebieten zu besitzen.«

»Auf alle Fälle gibt es ein Phänomen, das Sie kennen müssen. Es ist die unbewußte Tätigkeit der Gedanken oder der Erinnerung; im unerwarteten Augenblick steht vor Ihren Augen, was Sie nicht mehr zu finden glaubten. Ich hatte mich umgezogen, den Dienstboten Befehle gegeben, Papiere geordnet, als ich plötzlich ausrief, ohne mich darum zu kümmern, ob es jemand hörte:

›Aber das ist es ja!‹

Die Antwort – ich hatte sie. Wenn Gerald sich nicht verheiratete, so machte er es wie die anderen. Wenn er nichts erklärte, so mußte er eben schweigen. Sein Geheimnis war das Geheimnis des Schlosses von Craven.

Jetzt war das Problem klar. Aber es war unlösbarer denn je.

Ein Todesfall? Wenn ein Tod Sie befreien muß, so heißt das, daß ein Leben Sie gefangen hält. In zwei Jahrhunderten waren sieben Barone aufeinandergefolgt, ohne eine Frau zu nehmen, mit einer einzigen Ausnahme.

Eine verborgene Dynastie hielt also die Herren von Craven in ihrer Gewalt. Seit zweihundert Jahren hatten sieben unbekannte Generationen sieben unfruchtbare und einsame Leben ins Zölibat gezwungen. Und der einzige, der diesem allgemeinen Gesetz Trotz geboten, war durch den Tod von Frau und Kind heimgesucht worden. Und warum?

Ich erschrecke nicht leicht; aber jetzt spürte ich jene verwirrende Bangigkeit über mich kommen, wie man sie in Angstträumen erlebt. Da war etwas Satanisches im Spiel. Da lastete ein Fluch.

Wieder begann ich nachzudenken. Das Zartgefühl verbot mir, zu irgend jemand von meiner Entdeckung zu sprechen, die ich ohne Wissen und gegen den Willen des Schreibenden gemacht hatte. Vor allem würde ich zu Kitty nichts sagen. Sie könnte höchstens erschrecken darüber.

Woran dachte sie jetzt, meine arme kleine Verlassene, allein mit ihrer alten Dienerin, in dieser Wohnung, die ihr

Glück hatte entstehen und so schnell wieder sterben sehen? Ich täte besser, sie zu mir zu nehmen. Der Augenblick war gekommen, wo ich ihr die Mutter ersetzen mußte. Ja, gewiß! Fürs erste mußte man sie ablenken. War nicht eine Reise die ideale Zerstreuung?

Wir würden England verlassen, so schnell wie möglich.

Mein Entschluß war gefaßt. Ich verlor keine Zeit, ihn zur Ausführung zu bringen. Zwei Stunden nach meinem ersten Besuch läutete ich an Kittys Türe. Sie öffnete mir selber, und es geschah etwas Grausames. Später gestand sie mir, daß sie, als sie mich ›mit verändertem Gesichtsausdruck‹ wiederkommen sah, ein paar Sekunden geglaubt habe, es handle sich um einen Irrtum, um ein Mißverständnis, und ihr Verlobter kehre zurück. Bei meinen ersten Worten sah sie ihren Irrtum ein. ›Ja, ja, Tante Edith, nehmen Sie mich mit! Ich will nicht hierbleiben. Führen Sie mich schnell fort, und zwar weit!‹

Und diesmal fing sie an zu weinen.

Es war eine Frau, die ein Geheimnis lockte

Wir hatten London Ende März verlassen; wir kehrten im September des folgenden Jahres zurück. Während dieser achtzehn Monate des Umherreisens machte Kitty nie eine Anspielung auf die Vergangenheit und sprach nicht ein einziges Mal den Namen Geralds aus. Sie hatte mehrmals Gelegenheit, sich zu verheiraten; sie lehnte alle Bewerber ab. Eines Abends im Garten eines Hotels in Fiesole, vor uns die Aussicht auf Florenz, die schon so vielen unruhigen Herzen den Frieden wiedergegeben hat, fragte sie mich, wann wir nach England zurückkehren würden.

›Aber wann Sie wollen, mein Liebes‹, antwortete ich ein wenig überrascht. ›Ich muß bloß meinen Bediensteten ein Telegramm schicken, da Sie bei mir wohnen werden.‹

Kitty antwortete nicht sogleich. Nach einem Augenblick sagte sie mit tonloser Stimme: ›Danke, Tante Edith. Wann reisen wir?‹

Bei meiner Rückkehr fand ich zwei Briefe vor, die am Vortag gekommen waren. Der eine war an Kitty adressiert und lud sie für vierzehn Tage zu Freunden nach Devonshire ein. Der andere trug einen schottischen Poststempel. Beim ersten Blick auf den Umschlag erkannte ich Geralds Schrift.

Bis dahin hatte er sich darauf beschränkt, mir zu Weihnachten die übliche Postkarte zu schicken. Hingegen hatte ich von Harry Seymour einige Monate früher einen Brief bekommen, von dem ich Ihnen noch nicht erzählt habe.

Die Männer sind in ihrem Urteil ausgeglichener als wir Frauen. Wenn Harry auch den Ex-Bräutigam tadelte, so glaubte er doch an unbekannte, mildernde Umstände. Eine Geschäftsreise nach Norddeutschland bot ihm Gelegenheit, Näheres zu erfahren. Eines schönen Morgens erschien er unangemeldet auf Schloß Craven.

Wenn er auf freudige Überraschung gerechnet hätte, wäre er enttäuscht worden, erzählte er. Gerald empfing ihn allerdings herzlich und ließ ihn nicht vor dem Lunch gehen (er konnte nicht gut anders, bemerkte Harry), aber er lud ihn nicht zum Übernachten ein und versuchte seinen alten Freund nicht zurückzuhalten, als dieser sich verabschiedete.

›Er schien‹, schrieb Harry, ›unnatürlich, sorgenvoll und, was mich sehr überraschte, nervös. Es schien, als ob jedes plötzliche Geräusch, auch das leiseste, ihn beunruhige. Wir haben nur von ganz gewöhnlichen Dingen gesprochen. Mit einem Wort: die zwanzigjährige Freundschaft ist zerbrochen.

Das ist traurig, und ich frage mich, was dahintersteckt; denn es ist sicher etwas dahinter. Aber ich habe über diese Sache immer nur Unsinn gehört und ich bin darob nicht klüger geworden.‹

Eine Nachschrift lautete:

›Es gibt in diesem Haus närrische Dinge, die ich mir nicht erklären kann.‹

Ich habe den Brief behalten. Ich erinnere mich heute noch, daß er meinen letzten Groll beseitigte. Die Vorstellung des fröhlichen Jungen von einst, der jetzt allein und traurig mit dem Geheimnis seines Schicksals rang, hätte auch einen, der heftiger zürnte als ich, entwaffnen müssen. Was er mir auch schreiben mochte, ich würde ihm zweifellos antworten. Aber was würde ich finden? Entschuldigungen? Vorwürfe? Der entzifferte Satz in seiner letzten Botschaft quälte mich immer noch. Würde er mir jetzt endlich des Rätsels Lösung mitteilen?

Als ich den Brief öffnete, war ich tief erregt. Von den ersten Zeilen an war ich sehr überrascht. Gerald lud mich ein, einige Tage bei ihm zu verbringen, ›um den Auerhahn zu schießen‹. ›Ich habe nicht vergessen, daß Sie die Jagd lieben‹, schrieb er. ›Sie werden in Craven Harry Seymour finden und eine kleine Zahl von Gästen, die Sie schon kennen. Ich hoffe, Sie betrüben mich nicht mit einer Absage.‹

Diese verhüllte Anspielung auf mein langes Schweigen rührte mich. Armer Junge! Offensichtlich hielt er es nicht mehr aus. Er brauchte Gesellschaft, ein wenig Fröhlichkeit, ein paar Jagdpartien mit Freunden. Aber warum achtzehn Monate Einsamkeit? Hatte er vergangenes Jahr niemanden einladen können?

Nach einem Moment des Nachdenkens sagte ich mir, daß der neue Herr von Craven, da er noch unerfahren war, klugerweise hatte Ungeschicklichkeiten vermeiden wollen. Er mußte seinen Beruf als Schloßherr lernen, und zu diesem Beruf gehörte das Unbekannte von Craven. Und ... wer weiß? Vielleicht existierte dieses Unbekannte jetzt nicht mehr. Vielleicht versuchte Gerald, seine Braut wieder zurückzugewinnen. Hatte er endlich, wie er gesagt hatte, ›ein Mittel gefunden, die Dinge in Ordnung zu bringen‹? Aber auch ohne so weit zu gehen, war es möglich, daß mein Vetter mir im Vertrauen einiges mitteilen wollte.

Ich bin gewiß keine Frau, die an Türen horcht und Schubladen durchwühlt. Aber es ist nicht verboten, zu beobachten, was man freiwillig in unsere Nähe bringt, und daraus Schlüsse zu ziehen.

Die Idee, die mir angebotene Gastfreundschaft zu nutzen, um zu entdecken, was mein Gastgeber mir verbergen wollte, wäre mir einfach unwürdig vorgekommen. Aber ach, seit der Zeit des Paradieses hat mehr als eine Evastochter sich von der Neugier zu einer Tat verleiten lassen, die gegen ihre Grundsätze ging!

Ich entfaltete den Brief, ein doppeltes Blatt aus Pergamentpapier. Ich faltete Geralds Botschaften stets auseinander, aus Vorsicht, um sie von allen Seiten zu betrachten; denn er hatte die Gewohnheit, auf die Rückseite des Blattes unerwartete Zusätze zu kritzeln, nachdem er sich auf der Vorderseite regelrecht verabschiedet und seine Unterschrift hingesetzt hatte. Und tatsächlich! Auf der Rückseite stand eine Bitte, die ganz gegen unsere Gebräuche ging:

›Ich bitte Sie, Ihre Kammerfrau nicht mitzubringen. Sie werden hier die nötige Bedienung finden.‹

›Das ist ein wenig stark‹, sagte ich laut.

Am nächsten Tag reiste Kitty aus freiem Entschluß nach Devonshire. Als sie mich beim Abschied umarmte, fragte sie: ›Werden Sie mir schreiben?‹

Am folgenden Morgen nahm ich den Zug nach Schottland. Als ich in den Wagen stieg, mein Reisegepäck in der Hand, war ich nicht nur eine Verwandte, die sich freute, einen der ihrigen wieder zu sehen; ich war auch nicht nur eine für ein anvertrautes Glück verantwortliche Adoptivmutter. Ich war vor allem – ich schäme mich, es zu sagen, aber ich sage es trotzdem – eine Frau, die ein Geheimnis lockte.

Vor etwa fünfzehn Jahren

Vor etwa fünfzehn Jahren dauerte die Eisenbahnfahrt länger als heute. Darauf folgte eine zweite, ebenso ermüdende Fahrt. Seit zwei Jahrhunderten führten nämlich die Barone von Craven einen erbitterten Kampf gegen alle Versuche, die Verbindungen zwischen ihrem Schloß und der Umgebung zu verbessern. Wenn das Auto des Schlosses nicht verfügbar war, holte ein Diener die Gäste an der Bahn ab und verstaute Gäste und Gepäck in einer alten Landkutsche, die ihren Inhalt querfeldein zwei oder drei Stunden lang durchrüttelte. Nach einer ganztägigen Eisenbahnfahrt lockte mich diese Aussicht wenig. Aber als ich an der Endstation ankam, konnte ich mich beruhigen. Ein Auto stand vor der Ausgangstüre. Daneben wartete ein Mann mittleren Alters, der die wenigen Reisenden, die an ihm vorbeigingen, mit scharfem Blick musterte. Als er mich bemerkte, näherte er sich, entblößte sein angegrautes Haupt und fragte mich, ob ich die Dame sei, die man auf Schloß Craven erwarte.

›Ja, ich bin Mrs. Murray‹, antwortete ich.

Dann bemerkte ich seinen Blick, der mein Handköfferchen prüfte und zwei Sekunden auf meinen Initialen ruhte.

Die Schotten sind mißtrauisch, gewiß; aber in diesem Maße!

›Hier ist mein Gepäck‹, sagte ich, indem ich auf die zwei Koffer zeigte, die ein Träger soeben auf den Gehsteig gestellt hatte.

Ein erneuter Blick versicherte den Diener von Schloß Craven, daß die Etiketten und die Initialen übereinstimmten. Ich hatte es ohne Zweifel mit einem langjährigen Diener, mit einem ›Vertrauensmann‹, zu tun. Er erwies sich als sehr geschickter Chauffeur.

Eine Stunde lang durchfuhr der Wagen ohne Hindernis sumpfige Gegenden und steinübersäte Heide; selten einmal einen Wald. Im ganzen ein trübseliges Land unter einem endlosen Himmel. Am Horizont ein quecksilberähnlicher Streifen, eine unbewegliche graue Linie – das Meer. Die Melancholie dieser Landschaft überkommt mich wieder, wenn ich nur daran denke.

Als ich in der Ferne Zinnen und Wetterfahnen erblickte über einem Meer von Grün, das schon der Herbst berührt hatte, dann die Mauern des Parks, sieben Fuß hoch, und schließlich zwischen zwei Pfeilern ein Portal, das zwei barhäuptige Männer offenhielten, seufzte ich erleichtert auf und – ich wunderte mich.

In Schottland sind die Parktore immer offen. Kaum hatten wir dieses hier durchfahren, so schloß es sich wieder mit einem Knirschen der Riegel und einem Klirren der Verschlußketten. Was für Vorsichtsmaßnahmen brauchte es, um jemanden in den Park von Craven einzulassen! Das Auto glitt geräuschlos unter dem Laubdach einer Buchenallee dahin und wendete dann knirschend auf dem Kies.

Das Schloß erschien vor mir in nordischer Klarheit; schwarz von Efeu, der den Wirrwarr der Architektur von Dächern, Mauern, Erkern, Türmen und Türmchen umschloß, zwischen hundertjährigen Bäumen und mit einer Gartenterrasse im alten Stil. Diese hatte noch die Anmut und die Fröhlichkeit der französischen Gärten, die ihr als Vorbild gedient hatten. Die Wasser der Springbrunnen spiegelten sich in den marmornen Becken zwischen den regelmäßigen Kreisen der Blumenbeete, die ihre warmen Herbstfarben ausbreiteten. In der Mitte zerrann ein Wasserstrahl in Lichttropfen. Im Norden Schottlands ist es Ende September am späten Abend noch hell im Freien.

Ein Mann stand wartend auf der Freitreppe. Er nahm zwei Stufen auf einmal, öffnete den Wagenschlag und nahm mir mein Köfferchen aus den Händen.

›Danke, daß Sie gekommen sind, Kusine Edith. Lassen Sie Ihr Gepäck. Ich werde mich darum kümmern. Sind Sie nicht zu müde? Wollen Sie nicht etwas zu sich nehmen? Nein? Dann werde ich Sie selber auf Ihr Zimmer führen.‹

Sobald ich seinem Blick begegnet war, dachte ich, Gerald habe sich nie schuldig gefühlt. Aber ich bemerkte gleichzeitig, daß die achtzehn Monate ihn um vier oder fünf Jahre hatten altern lassen. Diese senkrechte Falte, die sich zwischen den Augen eingegraben, hatte ich nicht an ihm gekannt, auch nicht das plötzliche Zusammenziehen der Augenbrauen, diesen Tic eines Menschen, der einen lästigen Gedanken zurückdrängen muß. Und besonders kannte ich an ihm nicht diesen... wie soll ich sagen?... endgültigen Ausdruck. Man sieht ihn nicht auf jungen Gesichtern. Er erscheint, wenn man sich selber gesteht, daß das Leben seine letzte Form angenommen hat, die Form, die sich nicht mehr ändern kann. Ich hatte einen Jüngling zurückgelassen, ich fand einen Mann wieder. Gerald hatte die harte Lehre des einsamen Leidens durchgemacht, ohne Tröster, ohne Vertrauten. Und die Auflösung seiner Verlobung war nicht die einzige Ursache seines Unglücks. Würde ich die Wahrheit erfahren, bevor ich wieder abreiste? Was war in diesem Hause vorgegangen, das hundert Personen hätte beherbergen können und in dem seit zweihundert Jahren nur noch ein Junggeselle und einige Diener lebten?

›Hier ist die Halle‹, sagte Gerald und führte mich hinein.

Die Halle, in der fünfundzwanzig Personen bequem Platz gefunden hätten, war hoch, dunkel und verlassen. Offenbar zogen sich die Gäste des Schlosses zum Nachtessen um. Ich ließ meinen Blick schweifen, von neuem erstaunt.

Nun, man war hier nicht auf Neuerungen erpicht. Zu dieser Zeit waren die Annehmlichkeiten von Heizung und Beleuchtung bis in die ältesten Schlösser gedrungen. In Craven schien man sie nicht zu kennen.

Das Feuer knisterte von Zeit zu Zeit, indem es scheinbar ungern die Holzklötze benagte, die im Kamin aufgeschichtet waren. Bei schlechtem Wetter mußte der riesige mittelalterliche Kamin mehr Wind und Rauch ausspeien als Wärme. Elektrische Schalter hätte man umsonst gesucht. Hingegen rieselte ein Kristallregen von den drei Leuchtern herab, die zwischen den verrußten Balken an der Decke befestigt waren. Bei jedem Aufflackern des Feuers ging ein Blitzen über die Glasgehänge an den Leuchtern und weckte im Schatten an den getäfelten Wänden den tückischen Kopf eines Wildschweins oder das resignierte Haupt einer Hirschkuh, die aus toten Augen auf den Beschauer blickte. Nach einer Sekunde war alles wieder verschwunden, in schwarze Nacht getaucht. Nein, wirklich, Onkel Samuel hatte als kluger Mann gehandelt, wenn er nervöse Frauen von seinen Einladungen ausschloß.

Ich wollte dies eben in scherzhaftem Ton zu Gerald sagen, als ich plötzlich innehielt.

›Oh, wie merkwürdig ist das!‹

Die Halle stand mit einer Treppe in Verbindung. In meiner Jugend habe ich mich für die Geschichte der Kunst, besonders für die Architektur interessiert. Ich wußte genug darüber, um das Alter dieser Treppe auf hundertfünfzig bis zweihundert Jahre und den Ursprung ihres schmiedeeisernen Geländers auf das doppelte Alter zu schätzen. Ich schloß daraus, daß man die ursprüngliche Treppe durch diese hier ersetzt hatte, und dies wunderte mich sehr. Jede Stufe war etwa anderthalb Meter tief und kaum zehn Zentimeter hoch.

Es waren richtige Plattformen, die eine auf die andere folgten bis zum oberen Stock.

›Das muß sehr bequem sein, wenn man ein kleines Kind oder Gepäck treppauf und -ab zu befördern hat‹, sagte ich zu meinem Begleiter, indem ich den Fuß auf die erste Stufe stellte.

Er hatte auf meine erste Bemerkung nichts erwidert und antwortete auch nicht auf diese zweite. Ich hatte das demütigende Gefühl, eine Dummheit gesagt zu haben, ohne mir erklären zu können, wieso. Entschieden war es in Craven besser, Bemerkungen zu unterdrücken. Schweigend erreichten wir den oberen Flur.

Wasserrauschen kündigte das bevorstehende Nachtmahl an. Als gute Engländer bereiteten sich die Gäste des Schlosses durch Waschen auf die Abendmahlzeit vor.

Und jetzt werden Sie entschuldigen, wenn ich einige topographische Einzelheiten anführe. Sie sind zum Verständnis des Folgenden notwendig.

Auf zwei geschnitzten Büfetts, die sich gegenüberstanden, beleuchteten zwei altmodische Öllampen mit unbestimmtem Licht einen Gang, der zugleich Korridor und Galerie zu sein schien. Er war ganz aus Stein und sehr hoch, was in den alten schottischen Schlössern etwas Außergewöhnliches ist, und er bekam das Tageslicht durch hochgelegene, schmale Öffnungen, die nicht, wie gebräuchlich, senkrecht, sondern waagrecht angebracht waren. Bei etwas mehr Licht hätte ich sehen können, daß man die Mauer erhöht hatte, so daß es unmöglich war, von außen zu sehen, was im Innern vorging, und umgekehrt.

Schauen Sie die Fotografie an! Sie finden hier die Mauer und die blinden Fenster. Ich hätte auch die Spuren einer zweiten Ausbesserung sehen können, die aus der gleichen Zeit datierte wie die erste. Schließlich hätte ich am Ende des Ganges eine massive, mit Eisen beschlagene und mit riesigen

Riegeln versehene Türe bemerken können. Nach der Größe des Schlüsselloches mußte der dazu passende Schlüssel von außergewöhnlichen Proportionen sein, und bei näherer Betrachtung hätte eine tüchtige Hausfrau den guten Zustand der Türangeln, Riegel und Schlösser bewundert. Alles war peinlich in Ordnung, geölt, gefettet, um jedes Knarren zu vermeiden. Ich fahre fort: rechts, in einer Reihe, die Badezimmer, die sich nach dem Korridor öffneten; man mußte sie durchschreiten, um in die Schlafzimmer zu gelangen. Diese gingen alle gegen die Gartenterrasse.«

Mrs. Murray hielt inne.

»Sind Sie je in einem alten schottischen Schloß gewesen?« fragte sie.

»Nie, gnädige Frau, ich kenne Schottland nicht.«

»Nun, wenn Sie hingehen, wenn Sie unsere alten Herrenhäuser aufsuchen, werden Sie über etwas verwundert sein: über den Mangel an Teppichen.

Vielleicht will man die Böden in Erscheinung treten lassen. Sie sind so schön gewichst und poliert, daß sie hell scheinen im Vergleich zur Täfelung. Sogar in den luxuriösen Schlössern gibt es in den Wohnräumen und in der Halle keine Teppiche. Die Gänge, die Vorhallen haben auch keine. In den Schlafzimmern finden Sie bloß einen Bettvorleger. Ich hätte also beinahe eine weitere Dummheit begangen. Fast hätte ich ausgerufen: Oh, wie merkwürdig, ein Teppich!

Er bedeckte von einem Ende zum andern die Fliesen des Korridors. Aber sein Vorhandensein und seine Dicke und Unverbrauchtheit schienen mir weniger seltsam als das Material und die Farbe. Er war aus Kautschuk und daher wasserdicht. Die Farbe, soweit ich sie erkennen konnte, war ein häßliches Gemisch von schmutzigem Braun und Graugrün, auf dem man Schmutz- und besonders Schlammspuren nicht gut sehen konnte. Das war begreiflich in einem sumpfigen Land. Gerald hielt vor der zweiten Türe an. Er öffnete sie.

›Hier ist Ihr Handköfferchen, Edith. Sie werden Ihr Gepäck im Zimmer finden. In einer halben Stunde wird man Ihnen melden, daß das Nachtessen serviert ist. Nur noch ein Wort: Ich erinnere Sie daran, daß die von Onkel Samuel aufgestellten drei Vorschriften immer noch gelten.‹

Er entfernte sich sehr rasch, ohne mir Zeit zu einer Antwort zu lassen. Diese Mitteilung überraschte mich nicht. Ich hatte sie kommen sehen. Aber ich empfand sie als unangenehm, und dies war für mich unvorhergesehen und überraschend. Es wurde mir plötzlich klar, daß dieser Korridor mir unsympathisch war. Um ihn nicht mehr zu sehen, trat ich in mein Zimmer, das heißt in mein Badezimmer, das als Vorraum diente.

In der dunkelsten Ecke verbreiteten zwei Kerzen in massiven Silberständern ein spärliches Licht über einen sehr alten Waschtisch, der in puncto Altertümlichkeit und Unbequemlichkeit mit einer barbarischen Einrichtung wetteiferte, die Sie ohne Zweifel kennen: eine Art Bidet, das die nicht vorhandene Badewanne zu ersetzen hatte und das von zwei Krügen mit warmem und kaltem Wasser flankiert war. Auf dem Waschtisch bemerkte ich im Halbdunkel etwas Leuchtendes: einen kleinen, runden, beweglichen Spiegel, der in einen getriebenen Bronzerahmen gefaßt war, auf dem sich, ineinander verschlungen, Amoretten und Rosen zeigten. Ein Antiquar hätte seine Freude daran gehabt; ich schon weniger. Seine Dimensionen erlaubten mir kaum festzustellen, ob ich gut oder schlecht gekämmt war. Und es war ausgeschlossen, damit zu prüfen, wie ich angezogen war. Vielleicht fand sich nebenan in meinem Zimmer ein Spiegel in die Wand eingelassen, oder es gab einen Spiegelschrank oder wenigstens einen großen, beweglichen Toilettenspiegel.

Das Vorzimmer bekam das Tageslicht nur durch das anstoßende Zimmer; darum hatte man die Verbindungstüre offengelassen. Schon auf der Schwelle sah ich, daß meine Hoffnungen vergeblich waren. Ununterbrochene eichene Täfelung bekleidete Wände und Decke, und der ganze Raum bekam dadurch einen düsteren Ton. Das gefiel mir gar nicht, da ich an die lebhaften Farben des Chintz gewöhnt war und an die hellen, lackierten Möbel, welche die englischen Landhäuser so heiter machen.

Links in einem Alkoven verbarg sich ein Bett hinter dunklen Vorhängen, und ein schmaler Teppichstreifen bewahrte die nackten Füße vor dem Parkettboden.

Rechts faßten zwei altertümliche, mächtige, bauchige Kommoden einen Kamin ein, der fast ebenso imposant war wie der in der Halle. Man hatte darin ein Feuer entzündet. Ich wußte dem Hausherrn Dank dafür; denn wenn es auch noch Tag war, so war es doch nicht mehr warm. Und in der Mitte des Zimmers schließlich standen fünf oder sechs vergilbte, abgenützte Polsterstühle um einen Tisch mit eingelegter Holzarbeit. Sie schienen auf die Geister der verblichenen Gäste zu warten, die man aufgefordert hatte, einen Krug Wasser, ein Fläschchen Kognak, ein Glas, den Inhalt einer Zuckerdose und den Saft einer Zitrone unter sich zu teilen. Flasche, Glas, Zitrone, Zuckerdose waren auf dem Tablett durch eine sichtlich unerfahrene Hand geordnet worden. Über allem schwebte ein Duftgemisch aus Harz und verbrannter Borke, zusammen mit dem muffigen Geruch von Zimmern, die lange unbewohnt waren und allzuselten der Luft und der Sonne geöffnet wurden.

Wo war denn die ›Haushälterin‹, die in jedem guten englischen Hause unbedingt notwendig ist?

Gerald war gewiß kein Schwelger, aber er liebte doch, was wir den ›modernen Komfort‹ nennen. Sein Junggesellenheim in London war mit allem versehen, was man in diesen Dingen vernünftigerweise verlangen kann. Warum mußten seine Gäste in diesem Maße den Komfort entbehren? Und ich wußte, daß er freigebig war. Was geschah mit seinem Einkommen? Wo war z. B. das Telefon, dieser Apparat, ohne den man heute nicht mehr leben kann? Seit meinem Eintritt ins Schloß suchte ich vergeblich, eines zu entdecken.

Ich erfuhr später, daß es drei gab, eines beim Hausherrn, eines beim Butler, und die zwei standen miteinander in Verbindung. Vom dritten sprach man nicht.

Ich ließ meine Augen wandern über die Ritzen im Parkett und in der Täfelung, über den alten Kamin, die veralteten Möbel, die Beleuchtung aus einem früheren Jahrhundert, und ein Gedanke ging mir durch den Kopf: Man könnte meinen, man habe Angst, die Handwerker in dieses Haus zu lassen. Ich konnte den Gedanken nicht weiter verfolgen. Längs des Korridors hatte das Wasserrauschen aufgehört. Türen öffneten und schlossen sich wieder. Durch den dicken Kautschukteppich abgeschwächte Tritte gingen an meiner Türe vorbei, während eine Frauenstimme zu einem unsichtbaren Begleiter sagte:

›Sehr gut, Herr Oberst, da Sie hier sind, werden Sie meine Leibwache sein. Ich habe wirklich Angst, von einem Gespenst heimgesucht zu werden.‹

Meine Toilette war an diesem Abend schnell beendet. In kürzerer Zeit, als ich es für möglich gehalten hätte, stand ich wieder auf der Schwelle meiner Gemächer. Eine Lampe verlosch eben. Ich war allein im Dunkel und in der Stille des Korridors.

Und jetzt muß ich Ihnen ein Geständnis machen, das Ihnen, wie ich fürchte, eine ziemlich klägliche Meinung von mir geben wird. Als ich die Treppe mit den seltsamen Stufen erreichte, drehte ich mich um. Von wem fürchtete ich verfolgt zu werden? Von was? Das wußte ich eben nicht.

Im Korridor ging etwas vorbei

Die Gäste hatten sich in der Halle versammelt. Sie waren mir alle gesellschaftlich bekannt. Zuerst zwei Damen, die über ihre Stellung als einzige weibliche Gäste meditierten. Sie waren beide unverheiratet, mittleren Alters, gewandte Jägerinnen; sie hatten nie etwas angestellt, über das man hätte klatschen können.

Die von Onkel Samuel und seinen Vorgängern aufgestellte Tradition war immer noch lebendig. Neben den zwei Amazonen waren vier *bachelors* da. Sie wissen, daß wir mit diesem Wort einen unverheirateten Mann bezeichnen. Über drei von ihnen gibt es nicht viel zu erzählen. Sie gehörten alle drei zu einem Typus, der bei uns sehr verbreitet ist. Es waren fröhliche Burschen, gut erzogen, tüchtige Jungen, die das gute Essen, den guten Wein, große Expeditionen und die Gefahren der Jagd liebten. Das heißt, sie liebten das Leben, wie sie es auffaßten und in dem Maße, als es sie nicht zum Nachdenken zwang. Wenn es sie zufällig dazu zwang, liebten sie es nicht mehr. Aber das dauerte dann nur wenige Sekunden. Der vierte Eingeladene war Harry Seymour. Ich hatte ihn als Tischnachbarn und war froh darüber.

Soll ich Ihnen von diesem Nachtessen erzählen? Ich will es tun. Es wird kurz sein, denn ich habe fast alles vergessen, was man gewöhnlich erwähnt, wenn von einem Essen die Rede ist; fast alles außer einer Episode und einigen Einzelheiten. Ich erinnere mich nicht an die Speisen (fast hätte ich gesagt

›an die Weine‹, und das hätte nicht gestimmt, denn es fällt mir jetzt ein, daß sie mir außergewöhnlich berauschend vorkamen). Ich habe sogar die Toiletten der Damen und die Tischdekoration vergessen. Aber das übrige wird für immer in meiner Erinnerung bleiben.

Der lange, mit Eiche getäfelte Speisesaal wurde von den Kerzen der Leuchter erhellt; der Butler, auch er ein McTeam, ein Mann von etwa sechzig Jahren, der schon unter den zwei letzten Schloßherren gedient hatte, stand aufrecht, bewegungslos hinter seinem Herrn. Dann die vier Lakaien in Livreen in den Farben des Hauses, alle McTeam, alle aus demselben Geschlecht; sie trugen auf ihren unbeweglichen, blaßroten Gesichtern das Gepräge des gleichen Menschenschlags. Und Harry und Gerald im Abendanzug, der für die Herren das gleiche ist wie für die Damen das große Abendkleid: eine Katastrophe oder ein Triumph. Und beide Männer triumphierten. Gerald war angeregt, mit etwas geröteten Wangen, fast fröhlich, und ich schaute ihn an, als plötzlich...

Haben Sie je einen kleinen Schock erlitten, so deutlich, so unerwartet, daß man noch nach Jahren die physische Empfindung davon nachvollziehen kann? Den Schock einer unmittelbaren Erkenntnis?

Geralds Fröhlichkeit verbarg eine Unruhe. Die Unbewegtheit der vier Lakaien, die aufmerksam ihren Dienst besorgten, war eine Maske. Im Grunde dachten alle an andere Dinge und alle an das gleiche. Unter diesen sechs Männern, Herr und Dienern, bestand ein geheimes Übereinkommen, ein verborgenes Band.

In diesem Augenblick hob Gerald den Kopf. Mit steifem Hals und gespanntem Ohr lauschte er. Vom oberen Stockwerk hörte man ein leichtes Geräusch, das Knarren eines Fußbodens oder den Fall eines Gegenstandes.

Gerald nahm die Unterhaltung wieder auf, so rasch, daß fast niemand von den Gästen bemerkt hatte, was vorgegangen war. Er wandte sich zu mir, um im natürlichsten Ton eine Frage an mich zu richten über die Jagd des nächsten Tages, und da einmal dieses Thema aufs Tapet gebracht war, sprach man nur noch davon. Aber ich war meiner Beobachtung ganz sicher: alle Diener hatten die Bewegung ihres Herrn gesehen, keiner war davon überrascht gewesen.

Ich füge noch eine Einzelheit hinzu, die von den übrigen Gästen außer Harry und mir nicht bemerkt wurde. Auf ein fast unsichtbares Zeichen des Butlers hatte sich einer der Lakaien geräuschlos der Türe genähert.

Nach dem Nachtessen gingen die Damen, nach englischem Brauch, in den Salon, wohin die Herren bald folgten. Aber das Zusammensein war kurz. Die einen hatten gejagt, die anderen waren gereist, und als wir Miene machten, uns zurückzuziehen, um schlafen zu gehen, versuchte unser Gastgeber nicht, uns aufzuhalten. Jeder erhielt aus der Hand eines Dieners einen riesigen, mit Wappen verzierten Leuchter, und man stieg ohne Kommentar die Treppe mit den breiten Stufen hinauf. Ein neu Hinzukommender, der die Gewohnheiten des Schlosses nicht gekannt hätte, müßte unsere Prozession – Treppe inbegriffen – als sehr seltsamen Anblick empfunden haben.

Auf dem oberen Flur wünschte man sich munter gute Nacht. Türen wurden geschlossen und dann verriegelt mit lautem Geräusch, das dem Herrn des Hauses den guten Willen seiner Gäste zu verkünden schien. Harry hatte es so eingerichtet, daß er sich mit mir allein vor unseren Zimmern befand.

›Edith‹, sagte er ungezwungen, ›Sie sehen, daß wir Nachbarn sind. Wenn Sie zufällig in der Nacht irgendwie Angst hätten, so klopfen Sie an die Verbindungstüre. Sie ist nur von Ihrer Seite verriegelt.‹

Er trat in sein Zimmer, ohne meine Antwort abzuwarten. Bald knirschte der Schlüssel im Schloß.

Ich betrat mein Zimmer und vergaß vollständig, woran ich hätte denken sollen, und statt mich auszukleiden, setzte ich mich in den ersten besten der sechs Polsterstühle.

Im gelben, flackernden Licht der Kerze, das die Schatten längs der Wände bewegte, fing ich wieder an, mir Fragen zu stellen. All dies gehörte zum Geheimnis von Schloß Craven. Was war das für ein Geheimnis? Daß es sich schickt, sein Schlafzimmer und die Nebenräume abzuschließen, ist eine Selbstverständlichkeit. Es ist sogar so selbstverständlich, daß in einem zivilisierten Land kein Hausherr sich erlauben würde, diese Vorsichtsmaßnahme seinen Gästen, und gar mit einer solchen Dringlichkeit, einzuschärfen.

Ein Satz, an den ich nicht mehr gedacht hatte, kam mir in Bruchstücken wieder in den Sinn: Ein Ereignis, auf das ich nicht einmal zu hoffen das Recht habe ... es wäre ein Todesfall.

War ein lebendiges Wesen, ein menschliches Wesen in der Nähe des Schlosses oder gar im Schlosse selber verborgen?

Man verriegelt sich gegen eine Gefahr. Jetzt sah ich zwei Gefahren: den Überfall und die Angst. Hütete Gerald in einem isolierten Zimmer einen Geisteskranken, einen Nachtwandler, irgendeinen alten Diener oder – wer weiß – vielleicht ein Glied seiner Familie? Ich hatte von ähnlichen Fällen gehört. Einmal war ich sogar einem solchen Verrückten begegnet, und ich hatte keine Lust, dieses Erlebnis zu wiederholen.

Ich halte mich nicht für besonders feige; aber ich gestehe, daß diese Vorstellung mir äußerst unangenehm war. Schließlich gibt es doch Asyle, Häuser, wo man solche armen Geschöpfe unterbringt und wo sie gut behandelt, gut gepflegt werden. Weshalb nur behielt man sie hier bei sich? Wenn es wenigstens ein Vater, eine Mutter gewesen wäre ...

Aber sogleich nannte ich mich einen Dummkopf. Ich hatte vergessen, daß das Rätsel zweihundert Jahre alt war – oder hundertfünfundsiebzig, um genau zu sein. Konnte man annehmen, daß es drei- oder viermal im Jahrhundert einen Wahnsinnigen in der Familie gab? Eine erbliche Belastung, deren Opfer von einem Verwandten aufgenommen wurden, aus Mitleid oder – was noch wahrscheinlicher war – aus Familienstolz?

Mit dieser Überlegung wollte ich mich zufriedengeben; aber wieder mußte ich sie als unmöglich ablehnen. Dies alles würde nicht genügen, um das Schweigegelübde zu erklären; es würde nicht einmal die Auflösung eines Verlöbnisses rechtfertigen. Alle meine Vermutungen waren auf unwiderlegbare Einwände gestoßen. Alle erwähnten Möglichkeiten waren vor den Überlegungen des gesunden Menschenverstandes zunichte geworden. Eine letzte Frage erhob sich plötzlich aus meinem Unterbewußtsein: Warum galten diese Vorschriften, die seit zwei Jahrhunderten in Kraft standen, nur für die Nachtstunden?

Eine Uhr schlug elfmal. Hinter der Verbindungstüre ließ sich Harrys Stimme hören: ›Edith, haben Sie Ihre zwei Türen mit dem Schlüssel zugeschlossen?‹

›Oh, wie bin ich leichtfertig! Nein, noch nicht.‹

›Nun, so schließen Sie!‹

Und ich gehorchte.

Eine oder zwei Stunden später erwachte ich. Es war ein plötzliches, sekundenlanges Erwachen, wie man es erlebt, wenn man nach einer großen Müdigkeit tief geschlafen hat. In der Ecke des Zimmers durchdrang am Boden ein Lichtstrahl die Dunkelheit. Harry Seymour wachte.

Ich schlief wieder ein, tief genug, um nicht zu ahnen, daß vierzig Meter weiter sich eine Türe mit unendlicher Vorsicht geöffnet und dann wieder geschlossen hatte und daß im Korridor etwas vorbeiging.

Im Gegensatz zu dem, was gewöhnlich geschieht

Im Gegensatz zu dem, was gewöhnlich geschieht, erwache ich nach einer Reise immer sehr früh.

Ich hätte nicht sagen können, wie lange ich geschlafen, als ich in der Dunkelheit die Augen öffnete. Am Vorabend hatte meine improvisierte Kammerfrau die Vorhänge geschlossen, und bei meinem Nachbarn war das Licht erloschen.

Wenn ich nicht zu Hause bin, verabscheue ich die Unpünktlichkeit. Sie wissen ohne Zweifel, daß es bei den Engländern nicht Sitte ist, das Frühstück allein einzunehmen. Man frühstückt gemeinsam, und ich hasse es, als letzte zu erscheinen.

Wieviel Uhr war es?

Ich tat nun wie Fred Burnett. Nicht, daß ich mein Gebiß vergessen hätte. Diese Einrichtung ist mir bis jetzt unbekannt. Aber ich hatte beim Auskleiden meine Uhr auf den Waschtisch gelegt und vergessen, sie wieder zu nehmen. Mit einer Kerze in der Hand schlich ich auf leisen Sohlen in das Badezimmer, wo ich fand, was ich gesucht hatte. Die Zeiger standen auf fünf Uhr. Ich konnte wieder schlafen gehen. Aber statt mein Bett aufzusuchen, machte ich einen Schritt zur Türe. Ein dumpfer, andauernder Ton, wie ein Reiben oder ein Rauschen, glitt von einem Ende des Korridors zum andern. Ich unterschied sogar zwei Töne, bald zusammen, bald getrennt.

Wenn Sie einigermaßen erfahrene Hausfrauen befragen, so werden sie Ihnen sagen, daß sie bei jedem Geräusch im Hause genau wissen, um was es sich handelt. Ohne etwas gesehen zu haben, wußte ich, daß in diesem Augenblick zwei Diener den Teppich bürsteten und fegten, und das wunderte mich. Am Abend vor dem Nachtessen hatten wir alle, wie es sich gehörte, frische Schuhe angezogen, und als wir auf unsere Zimmer zurückgekehrt waren, zeigte der Teppich keine Spuren, die eine Reinigung notwendig gemacht hätten. Beim Licht der sieben Kerzen konnte man dies wohl feststellen. Ich hielt mich aber nicht weiter bei dieser Sache auf, die schließlich nicht sehr interessant war, und fiel zum drittenmal in Schlaf. Die Weine unseres Gastgebers hatten entschieden einschläfernde Wirkung.

Ich betrat zur rechten Zeit das Eßzimmer. Ich sage Ihnen im voraus, daß das Frühstück ohne Zwischenfall vorbeiging, nicht aber, ohne mir Gelegenheit zu bieten, gewisse Beobachtungen zu machen. Gerald sah müde aus und unterdrückte von Zeit zu Zeit ein Gähnen. Da er am Vorabend sehr gut in Form schien, schloß ich auf eine schlechte Nacht. Harry, immer Herr seiner selbst, immer aufmerksam gegen seine Tischnachbarn, trug die Kosten der Unterhaltung. Ich kannte ihn gut genug, um zu merken, daß ihn eine neues Ereignis heimlich beschäftigte. Denn am Abend vorher war er nicht so in Gedanken gewesen. Was hatte sich ereignen können zwischen elf Uhr abends und neun Uhr morgens?

Nach dem Frühstück zerstreute man sich in völliger Freiheit, wie sie in England die Herren des Hauses jedem Gast gewähren. Eine der beiden Damen der Feriengesellschaft hatte bei der Türe gezögert und gab mir ein Zeichen, ihr zu folgen. Margaret (der Vorname genügt) trug mit eigensinniger Kraft ihre fünfundvierzig Jahre und ihr ergrauendes Haar, das sie nicht zu verbergen suchte. Sie rühmte sich, nur am Tage ihrer Geburt einen Arzt gesehen zu haben, und diesen hatte sie, wie sie sagte, seit fünfundvierzig Jahren vergessen. Augen- und Zahnärzte kannte sie nur vom Hörensagen. Unvergleichliche Reiterin und raffinierte Schützin, war Margaret, wie man sie vertraulich nannte, der Epidemie des Intellektualismus nicht entgangen, die damals unter den englischen Frauen grassierte. Sie besaß einen Doktortitel für Naturwissenschaften. Nur der Mensch interessierte sie wenig oder gar nicht. Sie widmete ihre Hauptaufmerksamkeit den Pflanzen und den ›niederen Tieren‹, wie man diese mit mehr oder weniger Recht nennt.

›Ich habe eine Entdeckung gemacht‹, sagte Margaret mit halblauter Stimme, als sie die Treppe hinaufstieg. ›Nein, nicht auf dieser Seite.‹

Ich hatte mich aus Gewohnheit und weil ich die Helligkeit liebte der Außenmauer genähert, durch welche allein etwas Tageslicht hineinfiel, und Margaret hatte mich lebhaft auf die andere Seite gezogen.

›Was gibt es denn?‹ fragte ich erstaunt.

›Meinen Fund. Wenn Sie der Mauer entlang gehen, könnten Sie aus Versehen darauf treten. Aber sehen Sie zuerst, was ich in meinem Zimmer habe.‹

Ziemlich neugierig geworden durch diesen Anfang, betrat ich einen Raum, der dem meinigen bis aufs Haar gleichsah. Meine Begleiterin ging direkt zu einer der bauchigen Kommoden und öffnete eine Schublade, wo neben der Wäsche vier Päckchen Zigaretten, eine Abhandlung über die Vermehrung der Aale und eine Papiertüte lagen.

Margaret nahm die Tüte, öffnete sie und hielt sie mir unter die Augen. Eine zerfetzte Blume lag darin, die jetzt noch weiter in Stücke zerfiel.

›Kennen Sie das?‹ fragte Margaret.

›Nun, ich glaube, es ist eine Wasserpflanze, eine Blume, die in den Sümpfen wächst‹, antwortete ich ohne Anteilnahme.

›Nie in den Sümpfen‹, erwiderte die Naturwissenschaftlerin. ›Diese Blume wächst nur in den Bächen und in den von frischem Wasser gespeisten Teichen, ähnlich der Brunnenkresse. Und das?‹

Das zweite ›das‹ galt einem kleinen toten Tier, einer Art Fliege oder Libelle, wie mir schien.

›Das ist ein Insekt‹, sagte ich kurzerhand.

Margaret lachte laut auf.

›Das sieht man doch, das ist ein Halbflügler, das ist der...‹

Sie sprach einen Namen aus, griechisch oder lateinisch.

›Er hatte sich an die Blume geklammert. Auch er lebt nur in der Nähe von Teichen. Wissen Sie, wo ich das gefunden habe?‹

›Nun, ich denke... auf Ihren Spaziergängen‹, antwortete ich, ohne zu begreifen, worauf Margaret hinaus wollte.

›Ich habe es heute morgen gefunden, da drüben (Margaret wies mit dem Kinn nach dem Ort ihres Fundes), als ich durch den Korridor ging. Ich wollte wissen, ob man in den Park schauen könne, wenn man auf einen Stuhl steigt. Meine Liebe, es wäre eine Leiter nötig.‹

Margaret hatte die Blume, das Insekt und die Tüte wieder an ihren Platz gelegt. Sie schloß die Schublade und nahm mich beim Arm. ›Und jetzt, kommen Sie!‹

Was würde ich sehen?

Als Margaret die äußere Türe geöffnet hatte, schaute sie um sich.

›Wir sind allein‹, sagte sie. ›Sie sind alle im Rauchzimmer, beim Billard oder beim Golf.‹

Ohne mich loszulassen, ließ mich die Doktorin die Galerie durchqueren. Nach einigen Schritten hielt sie an.

›Halt!‹ sagte sie.

Nehmen Sie jetzt einen Augenblick an, eine Mittellinie habe die Galerie der Länge nach in zwei gleiche Hälften geteilt. Der Punkt, wo wir anhielten, hätte sich jenseits dieser

Linie befunden, das heißt nahe bei der äußeren Mauer und weit entfernt von der gegenüberstehenden Wand, hinter der unsere Zimmer lagen.

›Schauen Sie zu Boden!‹ sagte Margaret.

Ein braungrünlicher Fleck, etwa so breit wie die Fläche einer Hand von sehr großen Ausmaßen, breitete sich auf dem Teppich aus, an der Stelle, wo der Korridor am dunkelsten war. Deshalb wohl war der Fleck den zwei Dienern entgangen. Um fünf Uhr morgens sah man nichts in diesem Gang. Wie kam man aber auch auf die Idee, vor Tagesanbruch hier zu reinigen?

›Das ist Schmutz‹, sagte ich. ›Er ist noch nicht trocken.‹

›Das ist Schlamm‹, verbesserte die Doktorin. ›Und diesen Schlamm hier findet man nur in den Teichen der weiteren Umgebung. Sie kennen die Gegend nicht?‹

›Nein, es ist das erstemal, daß ich hierher komme.‹

›Ich kenne sie. Ich bin mehrmals hier gewesen unter der Herrschaft von Onkel Sam. In einem Park spazierenzugehen, das langweilt mich, da gibt es zu wenig Insekten. Da habe ich die Gegend durchstreift, zu Fuß und zu Pferd. Nun, in der näheren Umgebung gibt es Sümpfe, aber keine Teiche. Der nächste ist fünf Meilen entfernt. Also, was kann das sein?‹

Margaret machte eine Pause. Da ich nicht antwortete, fuhr sie fort: ›Das will heißen, daß es hier herum einen Herrn gibt, der nachts durch die Wälder läuft. Er streift längs der Teiche und bringt Schlamm und was sich sonst noch an die Sohlen seiner Stiefel klebt zurück. Und sagen Sie mir: Wo gehen Sie im allgemeinen, wenn Sie einen Gang durchschreiten? In der Mitte oder längs der Mauern?‹

Margaret wußte meine Antwort im voraus und wartete nicht darauf.

›Der Herr, der gestern hier vorbeigegangen ist, ging auf dem Teppich, um möglichst wenig Lärm zu machen. Und zugleich hielt er sich möglichst weit weg von unseren Zimmern, da er weder gehört noch gesehen werden wollte.‹

›Aber was könnte man nachts jagen? Käuze, Eulen oder ... Fledermäuse?‹

Margaret antwortete auf meine Frage mit einem gedämpften Lachen, worauf sie mir einen freundschaftlichen Klaps auf die Schulter gab und die Treppe hinunterstieg, indem sie mit Baritonstimme trällerte: Willst du mir folgen, schönes Kind, willst du mir folgen nach Aberfield?‹

Plötzlich blieb sie stehen.

›Nun bleibt noch zu wissen, wer es ist. Mir ist es gleich. Aber all dies erklärt zur Genüge die Geheimniskrämerei.‹

Die Erklärung war annehmbar. Nur rief sie, wie alle anderen, neue Einwände hervor. Wenn der nächtliche Spaziergänger fürchtete, gesehen oder gehört zu werden, warum benützte er nicht die Hintertreppe, die den Blicken und Ohren aller Welt verborgen war? Übrigens schien mir die Spur, die ich ziemlich genau geprüft hatte, weder von einem Stiefel noch von einem Schuh herzurühren. Dieser Abdruck war es wert, näher untersucht zu werden.

Diesmal kniete ich nieder, um besser zu sehen. Ein zartes Geflecht von Fasern zeigte sich, von vier oder fünf vertikalen Rippen exakt und elegant durchkreuzt, ähnlich den Blattrippen gewisser Bäume.

Es ist der Abdruck eines Ahorn- oder eines Platanenblattes, dachte ich. Es muß an der Sohle des Schuhes oder Stiefels geklebt haben.

Ich wollte meine Prüfung fortsetzen, als ein Geräusch von Stimmen und Schritten aus der Halle kam und sich näherte. Zwei Diener kamen die Treppe herauf. Ich hatte wenig Lust, mich bei meiner Neugier ertappen zu lassen und ich begab mich schnell in mein Zimmer, um nicht gesehen zu werden.

In dem Augenblick, da ich meine Türe wieder schloß, wurde ein Fluch ausgestoßen, den ich unmöglich wiedergeben kann, von einer Stimme, die sich gedämpft hatte, aber mit einem Ausdruck von Zorn und Entsetzen, den ich nicht vergessen habe.

›Jim, Jim, dreifacher Idiot, dummer Esel, schauen Sie, was Sie hier gelassen haben! Wenn Sir Gerald es sieht, werden wir beide einen Rüffel erhalten.‹

›Einen Rüffel wegen eines Schmutzflecks!‹ protestierte der unsichtbare Schuldige.

Die andere Stimme antwortete leiser, aber im gleichen Ton:

›Der Fleck, das macht nichts; aber haben Sie seine Form nicht gesehen?‹

Ich bemerkte noch etwas

Die folgenden Tage vergingen, wie man es sich vorgestellt hatte. Viel Jagd. Da wir sie alle liebten und das Wetter schön war, dachte niemand daran, sich darüber zu beklagen, am wenigsten Gerald.

Im Wald oder auf der Heide erholte er sich. Ich fand an ihm beinahe das Gesicht und das Lachen von einst. Aber sobald wir uns auf den Heimweg machten, wurde er wieder finster. Und jedesmal unter der Türe bemerkte ich, wie er mit dem Butler einen Blick tauschte. Der Blick des Herrn war eine Frage. Der Blick des Dieners bedeutete: Alles geht gut, Sir, beunruhigen Sie sich nicht. Wir waren unser zwei, Harry und ich, denen dies auffiel. Während der Stunden, die wir unter dem Dach von Schloß Craven verbrachten, hatte ich gewisse Dinge bemerkt, die aus dem Rahmen des Gebräuchlichen fielen. Zuerst einmal die Organisation des Personals. Ich verstehe darunter ausschließlich die Diener, die im Schloß wohnten und den Dienst versahen. Wer unsere Bräuche kennt, muß ihre Zahl als gering betrachten. Ein Mann, der den Rang und das Vermögen Geralds besaß, hielt in Schottland zu dieser Zeit mindestens ein Dutzend Diener, ohne den Kammerdiener und die Kammerfrau zu zählen, die jeder Gast des Schlosses mitbrachte. Aber da man es uns eingeschärft, waren wir alle allein gekommen, und ich erfuhr später, daß dies immer die Regel gewesen war seit einem Zeitpunkt, der mit der Übernahme des Schlosses durch den jüngeren Zweig der Familie zusammenfiel.

Sieben oder acht Lakaien besorgten neben der Bedienung des Herrn den Dienst bei den Gästen und verteilten sich am Abend in Zimmer, die im Erdgeschoß auf der entgegengesetzten Seite der unsrigen lagen.

Außer dem Butler Robert McTeam und den vier Lakaien, die uns bei Tisch bedienten, gab es einen Küchenchef, der ein Neffe oder Vetter von Robert war. Der Pförtner bewohnte mit seiner Frau das Häuschen am Eingang des Parks. Er war ein Bruder des Butlers. Tagsüber befand sich seine Frau Catherine im Schloß und versah schlecht und recht den Dienst einer Haushälterin; aber am Abend kehrte sie immer in ihr Haus zurück. Und all die Gärtner, Stallknechte und Bauernknechte wohnten teils auf dem Bauernhof, teils in einem entfernten Nebengebäude.

Die Leute von Schloß Craven schienen außergewöhnlichen Regeln zu unterstehen. Keiner von denen, die ich gesehen habe, war verheiratet. Ich erfuhr zufällig, daß ein jeder, der eine Ehe einging, das Haus verließ und in einiger Entfernung, außerhalb des Parkes, Wohnung nahm. Tagsüber konnte er seinen Dienst weiter versehen oder auf dem Gut eine andere Arbeit übernehmen. Wenn Gäste da waren, wurde die Bedienung der Damen durch die Frauen oder die Töchter der früheren Diener besorgt. Aber am Abend kehrten sie regelmäßig in ihre Wohnungen zurück. So wohnte also keine Dienerin im Schloß, keine durfte dort die Nacht zubringen.

Noch vier weitere männliche Diener verkehrten in Schloß Craven, das heißt, sie wurden dort beköstigt. Sobald die Mahlzeit vorbei war, verschwanden sie wieder. Nie sah man sie alle miteinander. Sie schienen sich zu zweien abzulösen und hatten eine geheimnisvolle Art, zu kommen und zu gehen, ohne daß man wußte, woher und wohin. Man sagte unbestimmt, daß sie die grobe Arbeit besorgten. Das schien mir seltsam, denn alle vier waren Greise, und ich sah sie nie mit irgendeiner Arbeit beschäftigt.

Und was Sie vielleicht überraschen wird: Männer und Frauen, ob sie vorübergehend oder dauernd im Dienst standen, vom Butler bis zu den Stallknechten, von der Haushälterin bis zum letzten Küchenmädchen, alle gehörten zur Sippe, trugen denselben Namen wie ihr Herr und konnten die gleiche Abstammung bezeugen. Seit hundertfünfundneunzig Jahren war kein Diener, der nicht zu den McTeam gehörte, im Schloß aufgenommen worden. Ja, dies alles war seltsam. Aber seltsamer noch war der Gesichtsausdruck dieser Männer, die ihren Herrn umgaben und unter seinem Dache lebten. Nie hatte ich dies in einem solchen Maße auf dem Gesicht eines Dieners gesehen. Nie eine solche Unbewegtheit. Und ich kenne mich doch aus bei alten Familien und bei alten, ergebenen Dienern.

Aber dies war das Gesicht von Männern, die eine Verantwortung trugen, ohne jedes Nachlassen, und die sich einen gewissen Stolz daraus machten.

Und mein Vetter?

Er beschäftigte mich. Im Salon oder bei Tisch, als aufmerksamer, vollendeter Hausherr, schien er stets fröhlich. Nur alte Freunde wie Harry und ich ließen sich dadurch nicht täuschen.

Ich hatte ihn mehr als einmal ohne sein Wissen beobachtet. Aus der Ecke eines Ganges, wo er mich nicht sah, von einem Fenster aus, wo er sich nicht beobachtet fühlte, hatte ich ihn gesehen, wenn er allein zu sein glaubte. Sein fröhlicher Ausdruck fiel zusammen; in zwei Sekunden war sein Gesicht überschattet.

Das ist nicht alles. Am Abend meiner Ankunft hatte Gerald mitten in der Mahlzeit – Sie erinnern sich daran? – eine Bewegung gemacht, die Unruhe, ich könnte sogar sagen: Angst, verriet. Seither hatte sich dies zweimal wiederholt.

Man hätte glauben können, er horche auf einen entfernten Ton. Nach einigen Sekunden nahm er die unterbrochene Unterhaltung wieder auf. Eines Abends machte er eine Handbewegung, um Schweigen zu gebieten; aber er nahm sich sofort wieder zusammen. Zwei oder drei Tage später sah ich ihn zusammenzucken bei einem Geräusch, das von den oberen Stockwerken kam und fast sogleich wieder aufhörte. Jedesmal war der Blick des Butlers, der sonst unermüdlich über den Tisch wanderte, erstarrt. Jedesmal hatte sich einer der Lakaien der Türe genähert, die zu der monumentalen Treppe führte. Eine zweite Türe öffnete sich gegen eine kleine, schmale, steile Treppe mit hohen Stufen; diese führte wie die andere in den ersten Stock.

Nie machte einer der Diener Miene, sich ihr zu nähern.

Ich beobachtete noch etwas, das sogar Harry entgangen war. Gerald vermied es, wenn immer möglich, beim Sitzen und beim Stehen einer Türe den Rücken zu drehen, und – seltsam – die Diener wußten dies. Wenn sie ihrem Herrn einen Stuhl brachten, stellten sie ihn mit dem Rücken an die Wand oder oft in eine Ecke, von wo der Blick alle Ausgänge, Türen und Fenster beherrschte.

Der Herr des Hauses schien zu fürchten, daß jemand hinter ihm eintrete oder plötzlich am Fenster erscheine.

Meine Beobachtungen blieben hier nicht stehen. Aus Vorgängen, die im allgemeinen gar nichts Mysteriöses an sich haben, machte Gerald, wie er es selber genannt hätte, eine Geheimniskrämerei. Eines Tages traf ich ihn zufällig in der Vorhalle, als er, der Herr von Craven, dem Briefträger entgegenging und ihm ein Paket abnahm. Dann zahlte er rasch, drehte mir den Rücken und ging in sein Zimmer. Zu jener Zeit sah und hörte ich noch sehr gut. Ich konnte erstens feststellen, daß das Paket eine französische Briefmarke und den Namen eines Pariser Verlages trug. Und dann hörte ich, daß Gerald, als er in seinem Zimmer angekommen war, den Schlüssel zweimal umdrehte. Las er einen so unschicklichen französischen Roman, daß er ihn unseren Blicken entziehen mußte? Das glich ihm gar nicht. Warum also sich verbergen?

Jeden Tag erhob sich eine neue Frage. Eine Erinnerung erwachte, die einen Widerspruch beleuchtete. Erinnern Sie sich, was ich am Anfang meiner Erzählung berichtet habe? Die Geschichte von den Eichen, welche die Rosen in ihrem Wachstum beeinträchtigten. Gerald hatte davon gesprochen, sie schlagen zu lassen, und hatte sich über die ungeschickte Lüge von Onkel Samuel aufgehalten. Er hatte auch, mit dem gleichen Mißerfolg, davon gesprochen, Büsche schneiden zu lassen, um einen Durchblick auf das Meer zu bekommen. Am Tage nach meiner Ankunft unternahm ich einen Spaziergang durch den Park. Ich konnte feststellen, daß die Eichen immer noch da waren, daß sie zwei Reihen von Rosen auf einer Länge von hundert Metern die Kraft entzogen und daß die Büsche immer noch den einzig möglichen Aussichtspunkt blockierten in diesem Park, den eine zweihundertjährige Vegetation in ein undurchdringliches Dickicht zu verwandeln drohte.

Eines Abends stellte ich im Geiste eine Liste auf von allen Widersprüchen, Inkonsequenzen, von allem Unzusammenhängenden, das einen absoluten Gegensatz schuf zwischen dem Charakter meines Vetters und seinem Benehmen, zwischen seinem Geschmack und seiner Lebensweise, zwischen seinen Wünschen und seinen Handlungen. Gerald war großzügig; er besaß, was man Familiensinn nennt. Und doch versäumte er es, den Wohnsitz seiner Vorfahren zu renovieren oder wenigstens instand zu halten. Er liebte seine Bequemlichkeit, ein gut unterhaltenes, gut beleuchtetes, gut geheiztes Haus, und er duldete in dieser Beziehung einen Zustand, wie er vor zweihundert Jahren geherrscht hatte. Er war einer der Geselligsten, und er beschränkte sich darauf, für zehn

Tage im Jahr einige Freunde einzuladen, die er nie länger zurückzuhalten suchte. Er liebte Blumen und weite Ausblicke, und er blieb eingeschlossen zwischen Eichen, die den vierten Teil seiner Rosen töteten, und Büschen, welche die Aussicht verdeckten. Er liebte die Offenheit, und er verheimlichte. Und alle, die ihn kannten, waren darin einig, daß er nie vor etwas Angst gehabt habe. Und jetzt hatte er Angst. Wovor?

Sie fragen mich, was die anderen Gäste von all dem dachten?«

Mrs. Murray schwieg einen Augenblick, um ihre Erinnerungen zu ordnen.

Ich glaube, daß sich die Herren, außer Harry, nicht viel dachten. Während der Mahlzeiten waren sie zu sehr mit ihren Gläsern und Tellern, mit Jagd- oder Kriegsgeschichten beschäftigt, um zu beobachten, was um sie her vorging. Und sie hatten zu viel gesehen in drei oder vier Kontinenten, um sich an einigen Sonderbarkeiten zu stoßen. Im großen und ganzen hatten sie alle die gleiche Meinung. Ich erfuhr später durch Harry, daß sich Major Powell bemüht hatte, die Sache zu erklären.

›Alle diese armen Teufel‹, hatte er über die Barone von Craven gesagt, ›waren Neurastheniker. Das begreift man übrigens. Wenn ich in einer solchen Gegend leben müßte, so würden keine sechs Wochen vergehen, man würde mich am Parkgitter aufgehängt finden. Übrigens weiß jedermann, daß diese Kelten überall Gespenster sehen.‹

Margaret aber, die besser beobachtete, doch nicht besser kombinierte, hatte sich ihre eigene Meinung gebildet. Von den unverheirateten Dienstboten hatte jeder eine kleine Freundin in irgendeiner Ecke des Gutes oder in der Umgebung, und der Schloßherr erleichterte gutmütig diese Zusammenkünfte. ›Und was gibt es Natürlicheres?‹ fügte Margaret hinzu, die einen großen Abscheu hatte vor Engherzigkeit.

Ellie King und ich waren mit dieser allzu einfachen Erklärung nicht zufrieden. Wie alle bisherigen Deutungen forderte sie eine neue Frage heraus. Warum hätten die Diener über die Galerie von ihren Zusammenkünften zurückkehren müssen, statt die Hintertreppe zu benützen?

Und Harry? werden Sie mich fragen.

Harry behielt seine Meinung für sich. Aber wenn ich manchmal nachts erwachte, sah ich fast immer den Lichtstreifen unter seiner Türe.

Seit einiger Zeit war ich sicher, daß er Ellie, Margaret und mich mied und zugleich überwachte. Das schuf schließlich einen Zustand dauernden Unbehagens, eine nervöse Spannung, wie ich sie zum erstenmal in meinem Leben erfuhr.

Margaret hingegen entging diesem Zustand. Von ihren Folgerungen überzeugt und zudem ganz ohne Nerven, zuckte sie bloß die Achseln. Ellie King aber kündigte ihre bevorstehende Abreise an.

Am Abend vorher hatte sie mich aufgesucht in einem hellblauen Frisiermantel, der ihre unentwegt blonden Haare, ihre großen, feuchten Augen und ihre langen, weißen Hände – Überreste einer Schönheit, die man früher als ›romantisch‹ bezeichnet hatte – zur Geltung brachte. Sie anvertraute mir, daß sie schlecht schlafe und daß sie schon zweimal mitten in der Nacht ein Geräusch gehört habe, das von einer Seitenallee zu kommen schien und das sich rasch entfernte. Zwei Stunden später hörte man es wieder, aber in umgekehrter Richtung. Das zweitemal hatte Ellie ihre Kerze gelöscht und das Fenster etwas geöffnet, wobei sie sich möglichst gut verbarg. Da sah sie etwas so Seltsames, daß sie beinahe vor Überraschung geschrien hätte. Vor dem Schloß fuhr eine Kutsche vorbei, eine wirkliche Kutsche, mit zwei Pferden bespannt. Eine Kutsche, wie man sie in den Museen ausgestellt sieht, fügte Ellie hinzu. Im Schein der Laternen erkannte sie den Chauffeur, der als Kutscher amtete. Aber sonst konnte sie nichts sehen. Dicke Vorhänge über den Scheiben verdeckten das Innere des Wagens. Die Räder waren offenbar mit Gummireifen versehen, und man hatte wohl etwas Besonderes an den Hufen der Pferde angebracht; denn man konnte kaum ein Geräusch vernehmen und mußte Ellies leichten Schlaf und scharfes Gehör haben, um etwas zu hören.

›Und sonst haben Sie nichts bemerkt?‹ fragte ich, indem ich bei mir selber dachte, daß das Schloß Craven von Tag zu Tag mehr einem Irrenhaus gleiche.

›Doch‹, sagte Ellie. ›Sie wissen, daß mein Zimmer das letzte in der Reihe ist. Als diese Kutsche im Begriff war, um die Ecke zu biegen, gab jemand dem Kutscher einen Befehl, und ich erkannte die Stimme Ihres Vetters. Aber er war nicht allein im Wagen. Ich hörte ...‹ Sie hielt einen Augenblick inne. Dann entschloß sie sich: ›Ich hörte ein Geräusch, einen Ton. Es war eine Stimme. Aber es war doch nicht wie eine Stimme. Und das hat mir angst gemacht.‹

Der, welcher nachts umgeht

Das Ungewöhnliche, das Unerklärliche machte an den Parkmauern nicht halt. Aus mündlicher Überlieferung waren mir die Barone der jüngeren und der älteren Linie des Hauses bekannt. Die letzteren liebten nur den Krieg und bewaffnete Streitigkeiten mit Nachbarn. Sie ließen die Ländereien mit den Hütten ihrer Pächter verfallen. Diese waren weniger gut untergebracht als das Vieh. Die Barone der jüngeren Linie waren von sanfterer Gemütsart; aber man sagte von ihnen auch, daß sie sich kaum um ihr Besitztum kümmerten, es so selten wie möglich aufsuchten. Fast alle waren Städter, fleißige Leser, Träumer, sagte man. Sie erwiesen sich als unfähig in allen Fragen der Verwaltung und der Landwirtschaft. Sir Samuel hatte den Eindruck eines Mannes hinterlassen, der kaum das Nötigste tat – und auch dies mit Widerwillen.

Aber was man sagte, wurde Lügen gestraft durch das, was man sah.

Ich hatte mehr als einen Spaziergang gemacht mit Margaret, die eine unermüdliche Fußgängerin war und alles beobachtete, was kreucht und wächst. Botanik, Geologie und einige Architekturkenntnisse führten zu gewissen Feststellungen.

Aus dieser unfruchtbaren Heide waren Wälder hervorgegangen. Boden, der vor zwei Jahrhunderten unfruchtbar gewesen, trug Gerste oder Hafer. Margaret bestimmte das

Alter der Bäume, die Art des Bodens. ›Diese Buchen sind mehr als hundertfünfzig Jahre alt, und hier ist eine Baumschule von kaum zwei Jahren. Ich wußte nicht, daß Ihr Vetter sich so sehr für Bäume interessiert. Und schauen Sie diese Felder an! Das sind entwässerte Sümpfe, und gegen alle Erwartung erzielt man damit ausgezeichnete Resultate. Ich habe sie letztes Jahr zur Zeit der Ernte gesehen. Ich wußte nicht, daß Ihr Vetter so tüchtig ist und daß seine Vorfahren so bedeutende Landwirte waren.‹

Als nahe Verwandte war ich besser unterrichtet; aber ich hielt es nicht für passend, dies zu sagen. Die Fähigkeiten, die man den Baronen der jüngeren Linie großmütig zubilligte, beschränkten sich nicht auf die Bebauung der Felder und die Pflanzung von Waldschulen. Die Bauernhöfe, die Häuser der Pächter, die kleinen Häuschen waren besser gebaut, besser eingerichtet, als man es bei den Bauernhäusern der schottischen Landschaft, weit von den Städten entfernt, gewöhnlich findet. Ich stellte sogar mit Erstaunen fest, daß hier Neuerungen eingeführt waren, die vor den Toren des Schlosses haltmachten. Einige Häuser schienen, aus den Konstruktionen von Dächern, Kaminen und Fenstern zu schließen, kaum fünf oder sechs Monate alt zu sein. Andere stammten aus der ersten Hälfte des vorletzten Jahrhunderts. Sie hatten das Alter der ältesten Eichen dieser in Wald verwandelten Heide. Allesamt bezeichneten sie die Etappen einer hundertachtzigjährigen Entwicklung. Und der Ausgangspunkt war für alle das gleiche, bedeutungsvolle Datum, die Erbschaftsübernahme durch die jüngere Linie, die durch den Tod einer Frau und eines Kindes gekennzeichnet war.

Wenn die Diener vom Schloßherrn sprachen, warum nannten sie ihn immer ›Sir Gerald‹ und nicht, wie gebräuchlich, *The Master,* der Herr?

Eines Tages, kurz vor meiner Abreise, ließ ich mich in ein Gespräch ein mit einem Bauern, der am Rande eines Feldes haltmachte. Er war ein echter Vertreter seines Landes, mit roter, gegerbter Haut, die über die vorspringenden Backenknochen gespannt war, mit beherrschten, klaren, aber mißtrauischen Augen, die heimlich umherspähten. Solange er Margaret und mich englisch sprechen hörte, antwortete er nur einsilbig; als ich ihn aber auf gälisch ansprach, wurde er mitteilsam.

›Sie sehen diese Felder‹, sagte er, indem er mit dem Finger auf die erdige Fläche wies, die noch einige Spuren der letzten Ernte trug. ›Der Großvater meines Vaters sagte, als er jung gewesen sei, habe es dort, wo jetzt Hafer und Gerste wachsen, nur Schmutz und Schilf gegeben. Und wo die Bäume stehen, gab es Heidekraut und Steine. Und das wenige, das man erntete, mußte man den Herren geben. Und man starb fast vor Hunger und Kälte. Während der schlechten Jahreszeit regnete und schneite es in die Häuser. Es waren Löcher in den Mauern, in den Dächern, überall. Aber jetzt kann jeder sich satt essen, und man wohnt wie die Herren, und es läßt sich gut leben. So ist es seit mehr als hundertfünfzig Jahren.‹

Die Frage, die ich mir schon mehr als einmal gestellt hatte, entschlüpfte mir:

›Aber, wer hat denn alles geändert?‹

Der alte Bauer warf einen Blick um sich. Margaret, die kein Wort Gälisch verstand, war ruhig weiterspaziert. Ein Zweischillingstück glitt in eine Hand, die sich sogleich wieder schloß. Der Mann neigte mir den langen, keltischen Schädel zu, in dem die Jahrhunderte Weisheit und Aberglauben zugleich angehäuft haben.

›Es ist der, welcher nachts umgeht.‹

Der Spaziergang im Park

Unser Aufenthalt ging dem Ende zu. Die Gäste des Schlosses begannen ohne Hast, ihre Koffer zu packen. Harry und ich waren als die letzten angekommen und wollten noch zwei oder drei Tage länger in Craven bleiben. Um einen schönen Herbstnachmittag zu nutzen, forderte Gerald seine Gäste beim Lunch zu einer Jagdpartie auf.

›Das wird wahrscheinlich die letzte sein‹, fügte er hinzu; ›denn die Wetterzeichen sind nicht gut. Man muß auf Regen, auf die erste Kälte gefaßt sein. Und dann ist es aus mit dem Wild.‹

Alle nahmen an, außer mir. Ich erklärte, ich sei müde, was auch stimmte. Und ich fühlte mich nervlich erschöpft, was ich nicht sagte. Ein Nachmittag einsamen Bummelns würde mich wieder in Fasson bringen.

Ich kannte den nördlichen Teil des Parks, den die Wagen durchquerten, um zum Schloß zu kommen. Es war das Gebiet der runden Blumenbeete, der Wasserspiele, des Rosengartens, der Tennisplätze und des Golfplatzes. Nun wollte ich den südlichen Teil aufsuchen. Er galt als wenig interessant und schien von niemandem besucht zu werden. Das war, was ich brauchte. Harry erklärte sogleich, er wolle mir Gesellschaft leisten; aber alle protestierten und ich am meisten. Nur Gerald sagte nichts. Ein schwer zu definierender Ausdruck – Unruhe oder Verdrießlichkeit? – ging über sein Gesicht.

›Wollen Sie uns zu Pferd begleiten, Edith?‹ fragte er. ›Oder wollen Sie lieber, daß ich das Break anspannen lasse, wenn Sie müde sind?‹

Ich lehnte Pferd und Break ab. Gerald und Harry wurden bewogen, sich ohne mich zu vergnügen und einige Hasen mehr zu schießen.

Beide hatten zuviel Lebensart, um mich zu drängen. Harry antwortete mit einem liebenswürdigen Wort; aber ich sah deutlich, daß er ungern wegging. Und ich sah auch, daß Gerald ohne Bedauern auf diese letzten Schüsse verzichtet hätte. Nach dem Lunch machte man sich bereit. Als ich im Ausgehkleid aus meinem Zimmer kam, traf ich Harry auf dem Flur, fertig zum Aufbruch.

Die anderen riefen aus der Halle nach ihm. ›Edith‹, sagte er, indem er die Stimme senkte, ›begehen Sie keine Unvorsichtigkeit.‹

›Unvorsichtigkeit? Was wollen Sie damit sagen?‹

›Dies‹, sagte er leiser. ›Durchforschen Sie den Park nicht zu sehr. Und das Schloß absolut nicht.‹

Harry war mit Auszeichnung Berufsoffizier gewesen. Er hatte in Indien und in Afrika gekämpft. Und jetzt, nach acht oder zehn Tagen unter dem Dach von Craven, spürte er die Wirkung dieser entnervenden Atmosphäre!

Er mußte doch wissen, daß Gerald sich niemals vom Hause oder vom Park entfernen würde, wenn er fürchten müßte, daß einem seiner Gäste, besonders einer Frau, die mindeste Gefahr drohe. Dachkammern und unbekannte Gänge zu durchforschen, lockte mich übrigens durchaus nicht. Ja, man verbarg hier ohne Zweifel etwas oder sogar jemanden. Andererseits hatte Kitty recht. Man hatte immer ruhig gelebt in Craven, abgesehen von einem einzigen Ereignis, das schon zu den alten Geschichten gehörte. Meine arme kleine Kitty! Und doch schien mir jetzt, daß der Bruch ihrer Verlobung *a great mercy* war, wie wir es nennen, eine gnädige Fügung.

Mein Gott, wie unzusammenhängend das alles war!

Ich war zur hinteren Front des Schlosses gekommen. Wenn dieser technische Ausdruck Ihnen mißfällt, so will ich sagen, zur entgegengesetzten Seite der Fassade. Aus Neugier hielt ich an. Da, im Erdgeschoß, befanden sich die Wirtschaftsräume, die Küchen, der Speisesaal und die Schlafzimmer des Personals. Eine Türe zu ebener Erde stellte die direkte Verbindung nach außen her. Dann kam Geralds Wohnung mit einer zweiten Türe, die sich gleichfalls zu ebener Erde öffnete.

Seltsame Anordnung! Ich konnte weder für den Herrn noch für die Diener einen Nutzen oder eine Annehmlichkeit darin sehen. Und schließlich, ganz am Ende, ein vorspringender, blinder Turm, den man vom Gästeflügel des Schlosses aus nicht sehen konnte.

Ich komme auf die Fenster zu Geralds Wohnung zurück. Geschlossen reihten sie sich regelmäßig aneinander. Ich bemerkte mit einiger Überraschung, wie nahe sie an den Boden reichten. Mit einem Sprung befand man sich in der Allee, die zum Turm führte.

Es war wirklich das erstemal, daß ich eine solche Raumordnung sah. In Craven, wo man unter hundert Zimmern wählen konnte, richtete sich der Herr im Dienerschaftsflügel ein, Seite an Seite mit dem Personal. Er bewohnte den trübseligsten, dunkelsten Ort, einen Winkel, von dem aus man von der Landschaft nichts als Sand, einen Turm und den Rand eines werdenden Waldes sah. Hier hatte die gefräßige Vegetation den Boden und den Horizont verschlungen. Einige Schritte weiter breiteten alte Bäume ihre Schatten bis zu den Mauern des Schlosses, und alle Waldpflanzen wuchsen zwischen ihren Stämmen mit wilder Kraft.

Ein einstiger Weg, der nun zu einem schmalen Pfad geworden, durchquerte dieses Dickicht. Aber man konnte ihn kaum benützen; das Unkraut wucherte dort.

All dies sah nach Verlassenheit und Vergessen aus. Um so besser. Niemand würde meinen Spaziergang stören.

Ich wollte den Pfad in Angriff nehmen, als die Küchentüre sich hinter mir öffnete. Ich drehte mich um.

Ein alter Mann war herausgekommen. Er trug Livree und hielt mit beiden Händen ein Tablett. Ich erkannte ihn als einen der vier Diener, von denen ich schon gesprochen habe.

Als er mich sah, stand er sofort still. Dann drehte er mir zu meiner großen Verwunderung den Rücken und kehrte schleunigst in die Küche zurück, indem er die Türe hinter sich zuzog. Aber diese Pirouette hatte sich nicht so schnell vollzogen, daß mir die seltsamste Speisenzusammenstellung, die ich je gesehen, verborgen geblieben wäre: eine Schale voll Sahne und eine auf einer Platte angeordnete Pyramide von Tomaten. Die Schale hatte etwa die Größe einer Salatschüssel; die Tomaten hätten genügt, um zwei oder drei Hungrige mit kräftigem Appetit zu sättigen. Ich mußte lachen. Um eine solche Mahlzeit zu bewältigen, ohne sich zu überessen, brauchte es einen besonders eingerichteten Magen. Wem konnte man wohl zwei Liter Sahne und drei Kilo rohe Tomaten servieren?

Aber vielleicht wurden diese schlecht zusammenpassenden Speisen einzeln gegessen. Vielleicht handelte es sich um mildtätige Gaben für irgendeine arme Frau im Dorf oder sogar ... für die Kröten, die den Gemüsegarten beschützten, indem sie die Schnecken vertilgten. Unser alter Gärtner erklärte vielleicht mit Recht, daß Sahne und Tomaten der Lieblingsschmaus der Kröten seien, eine Lockspeise, der sie nicht widerstehen könnten. Und er gab ihnen von Zeit zu Zeit davon, um ihnen das Haus liebzumachen, sagte er. Ich wollte mich mit einer dieser Hypothesen zufrieden geben, als mir gewisse Einzelheiten, die ich in der ersten Überraschung nicht weiter beachtet hatte, mit seltsamer Genauigkeit wieder einfielen.

Das Tablett war aus massivem Silber und mit Wappen versehen. Ich hatte es genau bemerkt. Auch die Platte und die Schüssel aus altem Wedgwood trugen Wappen und standen auf einem kostbaren Spitzentuch. Kurz, es war das Geschirr, das Silber und was die Franzosen *le dessous-de-plat* nennen, das für den Herrn und seine Gäste reserviert ist. Niemals hätte sich ein Diener des Schlosses erlaubt, es zu anderen Zwecken zu verwenden.

Eine tolle Idee kam mir nun. Sie würden sie nicht so lächerlich finden, wenn Sie zehn Tage nacheinander die Luft von Schloß Craven geatmet hätten. Hatte Gerald – in aller Form – die Gefährtin von Onkel Samuel geerbt? Die Vornehmheit des Geschirrs erlaubte diese Vermutung.

Wenn dies der Fall war, mußte sich die Dame einer guten Gesundheit erfreuen. Aber warum so viel Geheimnis? Warum war dieser Diener geflohen und hatte sich verborgen? Als er mich sah, bekam er Angst. Alle Leute hatten also hier Angst? Wieder etwas Unerklärliches. Eine neue Frage, auf die niemand Antwort geben würde.

Ich war zu diesem Schluß gekommen, als eine Nase neben dem Vorhang des benachbarten Fensters erschien und sogleich wieder verschwand. Das beste, was ich tun konnte, war, mich zu entfernen. Solange ich hier stand, war der Besitzer der Nase in der Küche blockiert mit seiner Sahne und seinen Tomaten.

Ich betrat den Wald, ohne zurückzuschauen.«

Seit Beginn der Erzählung hatte Mrs. Murray ihre Aufmerksamkeit zwischen der Häkelarbeit und mir geteilt. Sie legte ihre Arbeit auf die Knie.

»Nein, mein liebes Kind, im Augenblick müssen Sie nichts Außergewöhnliches erwarten. Dieser Spaziergang gab mir noch einmal Gelegenheit, mich zu wundern; das ist alles. Die Furcht sollte mir nicht weit von hier auflauern, aber später. Auf diesem Rundgang gab es keine Zwischenfälle. Während einer kurzen Stunde bummelte ich wie ein Schulkind durch Gebüsch und Dickicht im grünen Schatten des Unterholzes. Von Zeit zu Zeit hielt ich an, um das resignierte Flüstern der fallenden Blätter besser zu hören, dieses letzte Rauschen des Sommers, das so sehr dem letzten Lebewohl eines Sterbenden an das entfliehende Leben gleicht. Gerald hatte recht, die schöne Jahreszeit entschwand. Kalte Schauer strichen schon durch die Luft. Sie brachten mit dem Geruch des Meeres den Duft nassen Heus, der das schottische Land durchtränkt, wenn das Heidekraut verblüht ist. Noch zwei oder drei Tage, und man mußte abreisen, und nachdem ich schon mehr als eine Woche unter dem Dach von Craven gelebt, hatten mein Vetter und ich noch kein Wort gewechselt über die Sache, die uns am Herzen lag.

Ein- oder zweimal hatte ich die Gelegenheit zu einem Zusammensein gesucht. Gerald war ausgewichen. Meine Pflegetochter hatte mir zwei ziemlich lange Briefe geschrieben; sie machte nicht die leiseste Anspielung auf ihren Verlobten.

Die Schlußfolgerung war einfach: Sie liebten sich noch immer.

Ein Satz fiel mir wieder ein: ›Ich habe getan, was ich konnte, um die Dinge zu ordnen, und ich mußte einsehen, daß es unmöglich ist.‹ Mehr als eine Frau wird sagen, daß das ›Unmögliche‹ – oder was die Männer so nennen – nicht weiblich ist. Viele Frauen haben mit etwas Genialität dort ihr Ziel erreicht, wo männliche Energie gescheitert war.

Und ich wußte, daß Gerald energisch, aber durchaus nicht genial war.

Eine Lösung bot sich an, so einfach, daß niemand daran dachte. An das Einfachste denkt man meistens nicht. Ich dachte gewiß nicht daran, ihn zu zwingen, das gegebene Wort zu brechen. Aber da in Craven nur die Nächte eine Gefahr in sich bargen und die Tage friedlich verliefen, warum konnte Gerald nicht mit Kitty in einem bequemen Haus wohnen, von wo der Schloßherr mit Muße überwachen konnte, was in Craven vor sich ging? Und wer würde Gerald hindern, die Tage in Gesellschaft seiner Frau auf seinem Schloß zuzubringen?

Die Jagdteilnehmer würden gegen Abend zurückkehren. Gerald würde sich in sein Arbeitszimmer begeben, wohin er sich in letzter Zeit oft und lange zurückzog. Diesmal sollte er mir nicht entgehen. Ich wollte ihn in die Enge treiben.

Ich stand am Rande des Waldes. Er endete plötzlich in einer Böschung. In trübseliger Klarheit breitete sich unter einem Himmel, der in seinen Wolken die ganze Melancholie des Winters zu tragen schien, eine wellige Ebene von fetten Wiesen, von reichem Kulturland aus, das am Horizont durch eine scharfe Linie von Hügeln begrenzt wurde; es war etwa der dritte Teil des riesigen, von Meisterhand verwalteten Besitztums.

Ich dachte mit einem Schauder an die sechs Monate Eis und Schnee, an die Öde der langen Winterabende, an die Einsamkeit eines Jahres in einem verlassenen Schloß. Ja, ich wollte mit Gerald sprechen. Ich wußte im voraus, was Kitty antworten würde.

Weiter entfernt führte ein zweiter Weg in den Wald. Wenn ich ihn einschlug, so fand ich vielleicht irgend etwas Neues. Der Weg war schlecht unterhalten, aber begehbar. Zwischen zwei Wänden von Laubwerk setzte ich meinen Weg fort, indem ich weiterhin Heiratspläne schmiedete. Nach und nach wurde der Weg frei von Steinen und Nesseln und angenehmer für den Fuß des Spaziergängers. Nach meinen Berechnungen führte der Weg wieder zum Schloß hinauf; er mußte auf die Allee stoßen, die am Schloßflügel entlang führte, in dem die Diener und ... der Schloßherr wohnten.

Aber was war denn dieses dumpfe Klopfen, dieses regelmäßige Geräusch, das der Wind mir von Zeit zu Zeit zutrug? Und was konnte der schwarze Fleck sein, etwas weiter links?

Ein schwarzer Fleck unterbrach die gelb gewordene Wand der Buchen und Ahornbäume. Ein schwarzer Baum? Dann konnte es nur ein Buchsbaum oder eine Eibe sein. Was gab es dort? Ein Grab? Einen verlassenen Friedhof? Ich beschleunigte meine Schritte. Nach ein paar Minuten war ich bei der Eibenhecke angelangt, die diesen Teil des Waldes fortsetzte und dann abschloß. Aber was für eine Hecke! Man hätte sie eher ein Bollwerk nennen können. Man wäre schwerlich angekommen, wenn man sie hätte überklettern wollen. Wann war sie wohl zum letztenmal geschnitten worden? Diese Eiben mußten eine Höhe von vier oder fünf Metern haben, und wer den Durchgang hätte erzwingen wollen, wäre steckengeblieben wie eine Maus in der Falle.

Die Zweige, die man frei hatte wachsen lassen, fügten sich ineinander, verwirrten sich, wuchsen aneinander und schütteten in die Zwischenräume ihre harten Nadeln.

Was konnte man hinter dieser Verteidigungslinie Kostbares hüten? Und was war dieses unaufhörliche Geräusch, das aus der Dunkelheit kam? Ich wurde mir jetzt klar darüber. Ich konnte es nur mit einem vergleichen: mit dem Geräusch der Dreschflegel, die das reife Korn schlagen.

Einen Augenblick später hielt ich an. Ein halboffenes Tor, das in zwei Pfeilern ruhte, unterbrach die Eibenmauer. Gleich auf den ersten Blick sah ich, daß es aus der gleichen Zeit stammte wie die Treppe mit den breiten Stufen. Es war mit einem Schloß versehen, mit dem man eine Gefängnistüre hätte schließen können, und trug in seinem oberen Teil auf einer Messingplatte eine Inschrift, die durch häufiges Putzen etwas verwischt war. Man konnte noch die Worte lesen: *No Entrance* – Verbotener Eingang. Es war das Labyrinth von Craven.

Bis jetzt hatte ich überall die Labyrinthe für die Besucher und besonders für die Gäste des Hauses offen gefunden. Dieses hier machte eine Ausnahme, und das war nicht die einzige Besonderheit, die es auszeichnete. Seit dem Moment, da ich das Portal erblickt hatte, marschierte ich auf einem Boden ohne Hindernisse, ja sogar ohne Unebenheiten. Eine Allee mit gestampftem Boden, die für vier oder fünf Männer nebeneinander Platz bot, verband das Schloß mit dem Wald und führte in den verbotenen Garten. Sie ging in gerader Richtung zwischen zwei Reihen von Eiben, die alle so geschnitten waren, daß sie an ihrer Spitze den grinsenden Kopf eines Tieres oder eines Fabelwesens trugen. Ich glaubte, eine Reihe von Ungeheuern zu sehen, die irgendein Geheimnis hüteten.

Der Lärm aber hatte nichts Geheimnisvolles mehr. Ohne Zweifel waren Gärtner am Werk und bearbeiteten den Boden, nicht weit von dem verbotenen Eingang. Es war übrigens sehr gepflegt, dieses den Gästen des Schlosses widerratene Labyrinth. Die Sorgfalt der Gärtner zeigte sich bei jedem Schritt. Zum Weg hin waren die Eiben bis auf Mannshöhe geschnitten und boten eine glatte Fläche gleich einem Sammetgewebe. So weit der Blick reichen konnte, sah man keinen vorwitzigen Zweig, nicht den geringsten Trieb, und am Boden lag nicht das kleinste Reis, das den Schritt hätte hemmen können. Man hätte nicht die mindeste Spur von einem Stein entdecken können auf diesem so gleichmäßigen, so weichen Weg, der für Aschenbrödels Pantoffel oder für den Tanz einer Elfe gemacht schien. Pflegte hier ein Kind barfuß zu spazieren?

Ich zögerte, das Tor zu durchschreiten. Aber schließlich gehörte dieser ›Verbotene Eingang‹ nicht zu den von Onkel Samuel erlassenen Vorschriften. Das Verbot richtete sich sehr wahrscheinlich gegen Landstreicher oder gegen vorübergehende Fremde.

Ich trat ein, hielt aber gleich wieder an. Zu meinen Füßen, auf der weichen Erde, bildeten Spuren von Schritten einen Kreis. In der Mitte zeigte sich der Abdruck eines Platanenblattes. Und seltsam, er war viel tiefer in den Boden eingedrückt als die Spuren der Sohlen. Ich blickte in die Höhe. Über meinem Kopf gab es keine Platane. Wo war denn der Baum? Ich durchforschte mit dem Blick die Alleen, die Gebüsche und die Baumgruppen, ohne eine Platane zu entdecken. Im Wald hatte ich auch keine einzige getroffen. Dieses Rätsel wurde interessant. Ich erinnerte mich wieder an den Fleck mit den Konturen eines Blattes, den ich im Korridor gesehen und der diesem hier genau glich.

Ich wäre vielleicht weiter in das Labyrinth vorgedrungen, wenn das Geräusch, das mich angezogen hatte, nicht plötzlich geendigt hätte.

Welche Stille an diesem Ort! Die bedrückende Stille der Bäume mit unbewegtem Blattwerk. Doch aus der Ferne drang ein Ton zu mir, ein ununterbrochener, vertrauter Ton, das Murmeln eines Baches.

Es gab also im Park fließendes Wasser? Aber wohin ergoß es sich? Es hätte der Neigung des Bodens folgen und quer durch den Wald fließen müssen; aber während meines Spazierganges hatte ich nichts gesehen und gehört, was die Existenz eines Wasserlaufes hätte verraten können. Füllte er ein Wasserbecken, das hinter den Bäumen verborgen lag? War dort irgendeine Gefahr, und hatte man aus diesem Grunde die vorbeugende Inschrift am Eingang angebracht?

Bevor ich umkehrte, wollte ich den Blattabdruck näher ansehen, der von einem Elefantenfuß eingestempelt zu sein schien. Aber es näherten sich Stimmen.

Um nicht bei einer Indiskretion ertappt zu werden, kehrte ich zum Tor zurück. Aber ich wollte doch nicht davonlaufen wie ein Schulkind, das einen Fehler begangen hat. Da ich ein ruhiges Gewissen hatte, setzte ich mich ein paar Schritte außerhalb des Portals ins Gras, und ich lauschte auf die unzusammenhängenden Sätze, die ich durch Hecken und Büsche vernahm. Die befehlende Stimme eines Obergärtners gab einem unsichtbaren Gehilfen Anweisungen.

›Schneiden Sie diese Wurzel ab; es könnte jemand darüber fallen.‹

Jemand fallen? dachte ich; es kommt also jemand an diesen Ort.

›Und nehmen Sie das weg‹, fuhr die Stimme fort, ›und zwar ein bißchen schnell.‹ Und sogleich fügte die Stimme in empörter Überraschung hinzu: ›Aber daneben sind ganz frische Fußspuren, und es sind nicht die unsrigen. Jemand ist hier hereingekommen.‹

Ein ziemlich plumper junger Mensch, der ein Brettchen trug, mit dem er offenbar den Boden glättete, erschien am Portal und musterte die Umgebung. Als er mich erblickte, verschwand er, wie wenn er ein Gespenst gesehen hätte. Aber er wurde sogleich ersetzt durch einen alten Mann, der mich mit verdrossener Miene anschaute. Ich tat weiterhin, als ob ich ganz gleichgültig und unbeteiligt wäre. Um mir Haltung zu geben, zeichnete ich mit einem Stecken, den ich im Wald aufgelesen, Zahlen auf den Boden. So viel Gelassenheit beruhigte den neuen Beobachter.

Er hatte es offensichtlich mit einem reinen Gewissen zu tun, was ihn nicht hinderte, den Gärtnergehilfen zu rufen, der in seiner Gegenwart mit einem riesigen Schlüssel das Portal des Labyrinths vor meiner Nase schließen mußte.

Er wünschte mir mit wohlklingender Stimme guten Abend und warf mir einen triumphierenden Blick zu, der deutlich sagte:

›Jetzt kann man nicht mehr hinein!‹

Ich glaube, ich bin ein wenig rot geworden unter diesem Blick.

Als sich die zwei Männer entfernt hatten, hörte ich auf, unnütze Zahlen zu zeichnen. Aber bevor ich wieder auf den rechten Weg zurückkehrte, widerstand ich dem Wunsch nicht, das Platanenblatt noch einmal anzuschauen. Ich kehrte zum Tor zurück. Zwischen zwei Gitterstäben war gerade Platz genug, den Kopf durchzustecken, wobei die Ohren ein wenig gequetscht wurden.

Die Spuren meiner Schritte sah man deutlich. Daneben breiteten sich die großen Spuren der Gärtnerschuhe aus. Aber der Abdruck, der mich interessierte, war sorgfältig entfernt worden. Warum?

Ich eilte schnell zum Schloß zurück. Und ich wiederhole ein Geständnis, an das Sie sich vielleicht erinnern. Am Abend meiner Ankunft, als ich allein durch den Korridor ging, hatte ich mich einmal umgedreht. Auf diesem Gang durch den Wald habe ich mich ... mehrmals umgedreht.

Vom Spaziergang zurück

Ich war auf der Freitreppe angekommen. An dem Geräusch von Schritten und Stimmen merkte ich, daß die Jäger soeben zurückgekehrt waren. Zwei Stunden dauerte es noch bis zum Nachtessen. Ich hatte Zeit genug vor mir für meine Abendtoilette und für eine vertrauliche Unterredung.

Jetzt muß ich Ihnen noch einige Angaben machen.

Ich habe Ihnen schon ungefähr gesagt, wo sich die Wohnung Geralds befand. Um auf direktestem Wege dorthin zu kommen, mußte man durch die Halle gehen und dann durch einen schmalen, knieförmig gebogenen Gang. Wenn man das ›Knie‹ hinter sich hatte, stand man vor dem Arbeitszimmer, wo der Herr von Craven sich seit einigen Tagen so oft einschloß.

Ich ging um die Ecke des Verbindungsganges. Da stand ich direkt vor Harry, der im Jagdanzug war. Er kam aus dem Arbeitszimmer und hatte eben die Türe wieder geschlossen. Ich sah nun, daß er sehr blaß war und die Brauen heftig zusammengezogen hatte. Zu meiner höchsten Verwunderung versperrte er mir den Weg.

›Wo ist Gerald?‹ rief ich erregt.

›Gerald ist nicht hier!‹ entgegnete Harry mit einer Schroffheit, die mich verblüffte an einem so wohlerzogenen Mann. Er fügte in einem gemäßigteren Ton hinzu: ›Ich meine, er ist nicht in seiner Wohnung. Ich glaube, er spricht eben mit dem Butler.‹

Gottlob! Gerald war weder tot noch verwundet. Warum aber versperrte mir Harry dann auch weiterhin die Türe?

Ich wußte, daß Harry unbedingt aufrichtig war und ich fragte nicht weiter. Es wäre schwierig gewesen, meinen Vetter aufzusuchen, während er sich mit seinem Haushofmeister besprach, und was ich ihm sagen wollte, konnte warten.

Übrigens muß ich Ihnen gestehen, daß ich in diesem Augenblick nicht mehr an meine philanthropischen Pläne dachte, nicht einmal mehr an Kitty. Als ich in mein Zimmer zurückgekehrt war, mußte ich feststellen, daß mein Herz stärker schlug als gewöhnlich.

Harry Seymour war nicht der Mann, der sich leicht aufregte. Es brauchte etwas sehr Ernstes, damit er, wenn auch nur für einen Augenblick, die Selbstbeherrschung verlor. Und um sein Gesicht in diesem Maße zu verändern, dazu bedurfte es nichts Geringeres als eine starke Gemütsbewegung. Hatte er sich mit Gerald ernsthaft gestritten?

Das war wenig wahrscheinlich. Und übrigens hätte er sich nicht aufgeregt über eine solche Kleinigkeit.

Denn Harrys Haltung war bezeichnend. Wenn ich versucht hätte, trotzdem in das Zimmer einzutreten, hätte er Gewalt angewendet. Es war also etwas in dem Zimmer, das er gesehen hatte und das er mir nicht zu sehen erlauben wollte.

Ich gab mir zum erstenmal Rechenschaft darüber, daß meine Neugier und meine Erregung meinen *beiden* Freunden galten. War ihnen auch das Geheimnis gemeinsam? Waren sie Komplizen in diesem Schauspiel, in dem Herr und Diener *eine* Rolle spielten und *eine* Maske trugen? Hatte Harry das Geheimnis entdeckt, das die Herren von Craven nie verraten hatten?

Mein Instinkt sagte mir, daß Harry in diesem Augenblick auf seinen besten Freund böse war.

Ein neues Gefühl hatte sich meiner bemächtigt. Mir schien, daß mein mehrfaches Erstaunen, meine Unruhe, meine Beobachtungen, die seltsamen Zwischenfälle, die man mir mitgeteilt, sich zusammenfügten, Gestalt annahmen und ... was bildeten? Ich wußte es selber nicht. Ich dachte einen Moment an zerlegbare Spielzeuge, deren zusammengefügte Stücke ein phantastisches Tier bilden. Seit einem Augenblick spürte ich in den Gängen, in meinem Zimmer, ja bis hinein in die Halle einen Unbekannten.

Sie wissen vielleicht, daß ich eine gewisse Energie habe. Angst passiv zu ertragen, das ist etwas, das ich nie konnte. Ich wollte meinen Aufenthalt nicht abkürzen, vielmehr Harry befragen. Ich wollte nicht mehr in diesem Geheimnis leben, das Stunde um Stunde um mich gewachsen war und dessen Gewalt ich soeben zum erstenmal gespürt hatte. Ich ahnte nicht, daß es in dieser selben Nacht zusammenbrechen und der Vergangenheit anheimfallen sollte.

Nach einer Viertelstunde betrat Harry sein Zimmer. Er hatte seinen Schildwachtposten verlassen, aber erst, nachdem er sich versichert hatte, daß ich in mein Zimmer zurückgekehrt war. Einige Minuten vor Beginn der Mahlzeit hörte ich ihn aus seinem Zimmer gehen. Einen Augenblick, nachdem ich das meinige verlassen, fand ich ihn am Fuß der Treppe. Ich konnte mich nicht täuschen: Ich wurde im Auge behalten.

Er begleitete mich, indem er mir eine liebenswürdige Frage stellte über den Verlauf meines Nachmittags. Ich antwortete mit einer freundschaftlichen Gegenfrage über seine Heldentaten auf der Jagd. Man hätte meinen können, wir wären uns erst jetzt begegnet. Beim Gehen warf ich ihm heimlich einen oder zwei Blicke zu, ohne jeden Erfolg. Harry hatte ein undurchdringliches Gesicht aufgesetzt. Übrigens beobachteten der Herr und die Gäste von Craven wenig und schauten einander noch weniger an, mit Ausnahme von zweien.

In dem Augenblick, da wir am Tisch Platz nahmen, schaute ich Gerald an. Als er sich setzte, warf er einen

Blick auf die Uhr, die ihm gegenüber an der Wand hing, und er machte gegen den Butler eine Bewegung, die er sogleich unterdrückte. All das ging sehr schnell; aber ich paßte genau auf, und es entging mir nichts.

Dieses Nachtessen und das erste sind die einzigen, die mir genau in Erinnerung geblieben sind. Die Damen hatten ihren Schmuck umgehängt, unfehlbares Zeichen einer baldigen Abreise. Mehr Gläser als gewöhnlich flankierten jedes Gedeck.

Nach einem Jagdtag und vor der Trennung, die lange dauern sollte, wollte Gerald, wie er sagte, seinen Gästen die Auslese seines Kellers anbieten. Die drei Militärs, Margaret und sogar Ellie nahmen diese Nachricht mit offener Freude entgegen – ich mit einer gewissen Reserve. Harry sagte nichts. Als wir in den Speisesaal getreten waren, hatte ich gesehen, wie er die Gläser und dann die Flaschen auf den Anrichtetischen betrachtete und sich auf die Lippen biß. Und es schien mir auch, daß Geralds Stimme falsch geklungen hatte. Der Herr von Craven war es noch nicht gewohnt, die Wahrheit zu verbergen.

Das Nachtessen

Es wurde nicht nur das Beste der berühmten Weingegenden geboten; mich frappierte besonders die Verschwendung, mit der diese Kostbarkeiten ausgeteilt wurden. Die edlen Weine Frankreichs und die Rheinweine, die betörenden Weine Italiens, die schweren und warmen spanischen und portugiesischen Weine flossen in die Gläser, die rasch geleert und auf ein Zeichen des Butlers von den vier Lakaien sogleich wieder gefüllt wurden. Und wenn beim Nachtisch, als man zum Schluß einen Porto, das Geschenk eines Königs an Sir Samuel, servierte, die Zungen sich auch gelöst hatten, so fingen die Köpfe doch an, schwerer zu werden – drei ausgenommen.

Von den acht anwesenden Personen hatten drei kaum ihr Glas berührt: Gerald, Harry und ich. Ich aß wenig, ich trank noch weniger und beobachtete viel.

Zuerst die Haltung meines Vetters und die seines ältesten Freundes. Bis jetzt hatten sie sich bei jeder Mahlzeit freundschaftlich geneckt; an diesem Abend richteten sie das Wort nicht aneinander. Gerald vermied es, Harry anzuschauen, und Harry warf Gerald ein oder zwei unergründliche Blicke zu. Was hatte er in seinem Arbeitszimmer gesehen?

Der Herr des Hauses war nervös und schien angestrengt, seiner Rolle als Gastgeber gerecht zu werden. Zu Beginn und gegen Ende der Mahlzeit schaute er auf die Uhr.

Für Augenblicke entspannte sich sein Gesicht. Man hätte sagen können, Gerald erwarte, von einem Zwang erlöst, von einer Last befreit zu werden. Dies schrieb ich der bevorstehenden Abreise seiner Gäste zu, und ich hatte nicht ganz unrecht.

Welch merkwürdiger Geisteszustand! Glücklich, seine Einsamkeit zu unterbrechen, und erleichtert, sie wieder zu bekommen!

Und Harry?

Auch er beherrschte sich.

Er saß zwischen Margaret und mir und plauderte gemütlich. Doch bereitete er mir eine Überraschung. Mitten im Satz unterbrach er sich plötzlich.

›Es ist mein Fensterflügel‹, sagte ich ruhig. ›Man wird vergessen haben, ihn zu schließen.‹

Er nahm sogleich die unterbrochene Unterhaltung wieder auf. Aber für einige Augenblicke war sein Gesicht gespannt gewesen. Harry benahm sich wie Gerald.

Wenn ich an dieses Nachtessen denke, muß ich sagen, daß nie eine seltsamere Situation acht Tischgenossen um dieselbe Tafel vereinigte. Ich sehe sie alle wieder vor mir in ihrer Ahnungslosigkeit oder in ihrem Argwohn, um einen Gastgeber geschart, der jetzt wußte, daß einer der Gäste sein Geheimnis entdeckt hatte. Mit dem Herrn sehe ich seine Diener. Sie waren miteinander im Einvernehmen. Dann zwei Frauen, drei Männer, die fröhlich plauderten, tüchtig tranken, mit großem Appetit aßen und nun bald friedlich schlafen würden unter dem Dach eines alten Schlosses, ohne zu ahnen, daß ein qualvolles Schicksal, dessen Ursprung zweihundert Jahre zurückreichte, sich in diesen Mauern vollendete.

Und schließlich Harry. Schon lange hegte er Verdacht. Seit einer Stunde wußte er alles.

Und ich?

Ich wußte, daß ich gar nichts wußte. Es gab keine unter meinen Vermutungen, die nicht unter den Schlägen des logischen Denkens oder im bloßen Licht des gesunden Menschenverstandes zusammengefallen wäre.

Menschen, die im Begriff sind, sich zu trennen, zeigen gewöhnlich ein liebenswürdiges Bemühen, ihr Zusammensein in die Länge zu ziehen, ob sie nun Lust dazu haben oder nicht. Dieser letzte Abend machte eine Ausnahme von der Regel. Jeder schien im Begriff, in seinem Sessel einzuschlafen. Gegen zehn Uhr verabschiedeten wir uns alle von unserem Gastgeber, der uns ohne weitere Worte eine gute Nacht wünschte und ... sich entfernte, sobald der letzte seiner Gäste die Schwelle überschritten hatte.

Der Aufstieg mit den Leuchtern vollzog sich wie gewöhnlich. Ich war sehr langsam an diesem Abend und sage Ihnen offen, daß es absichtlich geschah, und mein Begleiter richtete seinen Schritt nach dem meinigen mit bewundernswerter Beharrlichkeit. Als wir auf dem Flur ankamen, waren wir allein. Wie immer, begleitete mich Harry bis zu meiner Türe und öffnete sie.

Sie wissen, daß wir impulsiv sind, wir Kelten. Wenn die Erklärung jetzt hinausgeschoben wurde, würde sich je wieder eine Gelegenheit finden? In diesem Gang, den unsere zwei Kerzen noch finsterer erscheinen ließen, konnte uns niemand hören. Im Augenblick, als Harry mich verlassen wollte, hielt ich ihn zurück.

›Harry, was haben Sie bei Gerald gesehen?‹

Er antwortete nicht. Die Plötzlichkeit meiner Frage traf ihn unvorbereitet.

›Was haben Sie gesehen?‹ wiederholte ich.

›Ich habe ein offenes Buch auf dem Tisch gesehen.‹ Mit einer Stimme, die ihre Sicherheit wiedergewonnen, fügte er hinzu: ›Schließen Sie Ihre beiden Türen mit dem Schlüssel, Edith, aber verriegeln Sie unsere Verbindungstür nicht.‹

Bevor ich mich von meinem Staunen erholt hatte, trat er in sein Zimmer.

Ich bin wohl eine oder zwei Minuten mit offenem Mund stehengeblieben, während derer ich mich besann, ob ich ihn auffordern sollte, sich zu erklären. Ich faßte einen klügeren Entschluß. Ich trat in mein Zimmer. Ich fühlte, daß Harrys Antwort wahr sein mußte, so unglaublich sie auch klang. Was sollte sie bedeuten?

Vor einigen Tagen hatte Gerald ein Buch, das er dem Briefträger abgenommen, verstohlen in sein Zimmer getragen. Aber was mochte Harry aus diesem französischen Buch über die Geheimnisse eines alten, im Innern Schottlands verborgenen Schlosses erschließen?

Ich weiß, daß sich oft in der Wahl der Lektüre verrät, womit sich ein Mensch beschäftigt. Harry hatte sich über dieses Buch gebeugt, und es war ihm dadurch das Geheimnis der Barone von Craven aufgegangen.

Diesmal klopfte mir das Blut in den Schläfen. Meine Ohren summten. Ich hatte Fieber. Ich war völlig überreizt. Sonst hätte ich nicht getan, was ich diese Nacht tat. Ins Bett gehen? Davon war keine Rede. Ich hätte kein Auge geschlossen. Der Gedanke, unbeweglich unter den Bettüchern und Decken in diesem Alkoven zu liegen, war mir entsetzlich. Lesen? Ich hätte keine zehn Worte nacheinander lesen und ihren Sinn verstehen können.

Nein, ich wollte nicht zu Bett gehen. Ich wollte noch zwei oder drei Tage hierbleiben. Wir wären dann allein, mein Vetter, Harry und ich. Wenn Harry das Geheimnis ergründet hatte, konnte Gerald nicht mehr auf seinem Eid beharren. Oder vielleicht würde ich doch abreisen. Kitty würde dann erfahren, daß sie eigentlich Glück gehabt hatte. Die Atmosphäre dieses Ortes wurde unerträglich.

Ich war an diesem Punkt angelangt, als mir bewußt wurde, daß im Zimmer nebenan etwas Ungewöhnliches vor sich ging. Das heißt, es ging gar nichts vor sich. Neben dem Wirrwarr meiner Gedanken hatte ich das Klappern der Schuhe, die längs des Ganges vor die Türen gestellt wurden, und das Rauschen der Wasserhähne gehört. Mein Schutzengel hatte kein Bad genommen, und er hatte die Schuhe nicht ausgezogen. Zudem hatte er, zum erstenmal die erteilten Befehle mißachtend, weder die Türe des Badezimmers noch die des Schlafzimmers verschlossen.

Man hörte ein Knacken. Harry lud einen Revolver.

Dies ist eine wahre Geschichte

Dies ist eine wahre Geschichte. Und darum bin ich darauf gefaßt, in Ihrer Achtung zu sinken. Oh, doch! Protestieren Sie nicht. Niemals hätte ich mich imstande geglaubt, so zu verheimlichen, ja sogar zu hintergehen, wie ich es in jener Nacht getan habe. In kritischen Augenblicken zögert auch die ehrlichste, die aufrichtigste Frau nicht, eine List zu gebrauchen. Und sie wendet die List an, mit Beschämung freilich, aber ohne Gewissensbisse. Ich war wenigstens nicht feige. Das Geheimnis von Craven barg eine Gefahr. Hätte sonst Harry, der es kannte, eine Feuerwaffe geladen?

Ich kannte Harry. Er würde sich weigern, einen Freund und Gastgeber zu verraten. Zudem wollte er vermeiden, mich zu erschrecken. Er würde mir diese Gefahr nicht enthüllen. Aber er war entschlossen, sie kennenzulernen und drei Frauen davor zu bewahren. Und auch ich war entschlossen, ihr ins Gesicht zu sehen. Gottlob, diesmal würde Kitty genau erfahren, welcher Gefahr sie entgangen war. Als ich eben dieses Selbstgespräch beendete, flüsterte mir mein Gewissen ins Ohr:

›Und du wirst erfahren, was du für dein Leben gern wissen möchtest.‹

Der Zeiger meiner Uhr ging auf Mitternacht.

In der Galerie herrschte Schweigen. Unsere Jäger schliefen, müde vom Marsch und erschlafft von den zahlreichen Gläsern allzu berauschender Weine.

Das sah ich jetzt deutlich: Der Herr von Craven hatte nicht aus der uneigennützigen Absicht, seine Gäste zu unterhalten und zu bewirten, ihnen eine Jagdpartie und das Beste seines Kellers angeboten.

Seit einem Augenblick spitzte ich die Ohren. Sie wissen ohne Zweifel, daß das Gehör, wenn ein gewisser Grad nervöser Spannung erreicht ist, eine anormale Schärfe annimmt. Hinter der Eichentüre am Ende der Galerie ging etwas vor sich.

Nebenan wurde das Licht ausgelöscht. Und meine kleinen Schandtaten begannen. Ich blies meine Kerze aus. Einige Minuten vergingen. Im Nebenzimmer legte sich eine Hand an die Türfüllung, und eine gedämpfte Stimme sagte ganz deutlich:

›Edith?‹

Ich hütete mich wohl zu antworten.

›Edith!‹ wiederholte die Stimme etwas lauter.

Schweigen. Ein bekanntes Knarren tönte von der benachbarten Schwelle. Harry hatte seine Türe ein wenig geöffnet.

Ich war im Begriff, dasselbe zu tun, verzichtete aber sogleich wieder darauf. Wer je versucht hat, eine Türe völlig geräuschlos zu öffnen, der weiß, daß dies fast unmöglich ist. Und dazu hatte mein Zimmernachbar das scharfe Ohr und das geübte Auge des Offiziers. Er würde mich sogleich aufstöbern, wie ich in meiner Ecke kauerte, und ich wußte, daß er ohne weiteres imstande war, mich einzuschließen. Es blieb mir ein Ausweg: das Ohr ans Schlüsselloch zu legen.

Am Ende des Ganges wurden drei Riegel geschoben, langsam. Ein schwerer Türflügel öffnete sich nach und nach und schloß sich wieder. Ein Geräusch von Filzschuhen passierte und verstummte.

Ich fuhr auf. Etwas Riesiges und Weiches hatte sich auf den Boden geworfen. Fred Burnetts Bericht kam mir wörtlich wieder in den Sinn:

›Wenn das Geräusch eines fallenden Wäschehaufens aufhörte, so gingen die Schritte weiter; aber wenn der Wäschehaufen sich wieder rührte, so hielten die Schritte still.‹

Es hätte nicht genauer beschrieben sein können. Nur eine Einzelheit hatte Fred Burnett vergessen oder nicht bemerkt. Statt eine gerade Linie zu verfolgen, bogen die Schritte ab. Das abwechselnde Geräusch ging längs der Außenmauer. Es hielt sich möglichst fern von den bewohnten Zimmern.

Ich hielt es nicht mehr aus. Man konnte mich nicht entdecken. Ich war ganz schwarz angezogen und von Dunkelheit eingehüllt. Ich öffnete achtsam meine Türe und ...

Heute noch frage ich mich, ob nicht ein Schutzengel den Schrei zurückgehalten hat, der mir entfahren wollte.

Auf dem Flur über der Treppe mit den Plattform-Stufen stand schweigsam, im Halbschatten undeutlich sichtbar, eine Gruppe von Männern. Während zweier Sekunden sah ich im Schein einer Laterne Gerald. Seltsames Detail: Er trug einen Hut, alle seine Begleiter waren barhäuptig.

Dann begann etwas Unerklärliches. Gerald stieg die Treppe hinunter. Auf halber Höhe blieb er stehen. Zwei Diener folgten und hielten hinter ihm an. Man hörte auf der Steinstufe den Aufprall einer schweren, nassen Masse. Der Zipfel eines flatternden Tuches leuchtete über den Köpfen auf und verschwand.

Die seltsame Zeremonie setzte sich fort. Zwei oder drei Männer stiegen miteinander hinunter und hielten an. Nach jedem Halt folgte ein Aufprall. Das Geräusch entfernte sich mehr und mehr, zog sich durch die verlassene Halle und verlor sich.

Drei Minuten vergingen. Harrys Türe öffnete und schloß sich wieder mit der Rücksicht, die man dem Schlaf seines Nächsten schuldet. Ich schloß die meine mit äußerster Vorsicht und wartete. Es dauerte nicht lange. Ein leichtes Anstreifen verriet mir, daß mein Schutzgeist mein Schloß inspizierte. Er wollte sich versichern, daß ich geborgen sei und den Schlaf der Unschuld und des Alkohols schlafe.

Über diesen Punkt beruhigt, entfernte er sich in Richtung Treppe. Ich hatte nur darauf gewartet. Einen Augenblick lauschte ich. Harry durchschritt die Halle.

Ich öffnete mein Fenster. Die Terrasse und die Umgebung waren verlassen. Gerald und sein Zug hatten den Weg durch die Allee genommen, die längs des Waldes führte. Harry folgte ihnen.

Ein langer Kapuzenmantel lag auf einem Fauteuil. Als ich dieses Kleidungsstück, das mich fast unkenntlich machte, übergezogen hatte, wartete ich und horchte gespannt.

Im Korridor kein Geräusch. Eines der anstoßenden Zimmer war leer; im nächsten schnarchte Margaret wie ein Mann.«

Die Erzählerin unterbrach sich von neuem und schaute mich an.

»Würden Sie es glauben? Im Moment, da ich den Fuß auf die erste Stufe setzte, hielt ich an.«

»Sie hatten Angst?«

»Ja«, sagte sie, »ich hatte Angst. Ich hatte Angst vor dem Unbekannten, ich wußte nicht mehr, was ich glauben sollte. Ich erinnerte mich an frühere Lektüre. Alte Erinnerungen erwachten. Man behauptet, in gewissen Gegenden Schottlands lebe noch ein Stück Heidentums, ein Überrest keltischer Kulte.

War diese unverständliche Szene ein Ritus, der durch Vorschriften geregelt wurde? Und das, was immer unsichtbar blieb und dem die Männer mit entblößtem Haupte folgten? War dies die Gefahr? Und welche Gefahr?

Ich schalt mich einen Hasenfuß. Ich hatte es wissen wollen; jetzt würde ich bis ans Ende gehen.

Die Allee war dunkel an diesem Abend. Von einer Seite wurde sie durch den Wald, von der anderen durch die Mauer des Schlosses beschattet, und das Gesetz von Craven verlangte, daß jedes Außenlicht vor Mitternacht gelöscht werde. Trotz des Schattens und des trüben Himmels konnte ich indes unterscheiden, was vor mir war.

Zuerst, in hundert Schritten Entfernung, Harry. Er ging vorsichtig längs des Waldes. Von Zeit zu Zeit hielt er an. Ich verstand dieses Verfahren bald. Harry hielt einen gewissen Abstand inne zwischen sich und einer schwarzen Gruppe, die mit leuchtenden Punkten übersät war.

Fackeln und Laternen waren wieder entzündet worden. Beide, die Gruppe und der einsame Wanderer, bewegten sich gleichzeitig, hielten einige Sekunden an, nahmen die Bewegung wieder auf, um von neuem anzuhalten und dann wieder vorwärts zu schreiten.

Die Lichter erloschen nach und nach. Gerald und seine Leute traten in den Wald ein. Harry eilte ihnen nach und verschwand ebenfalls.

Ich verschone Sie mit den Einzelheiten meines Spaziergangs, der mir allzulang vorkam, sage Ihnen bloß, daß der Wald dunkel war wie ein Tunnel, daß es schien, ein böser Waldgeist habe die Gruppe, die Lichter und Harry verschwinden lassen, und daß nur eine Lücke im Gebüsch mir den Weg zum Eingang des Labyrinths wies.

Einige Minuten blieb ich mit gespanntem Ohr, mit klopfendem Herzen am Eingang stehen. Das Murmeln eines fließenden Wassers schwoll an, nahm wieder ab und hörte auf. Dann herrschte Schweigen, ein Schweigen, das nicht einmal durch das Zittern eines Blattes gestört wurde. Wohin war Gerald gegangen? Und die anderen?

Ich machte fünf oder sechs Schritte aufs Geratewohl und hielt dann plötzlich inne.«

Mrs. Murray unterbrach sich wieder.

»Hat man Ihnen je ein Labyrinth beschrieben?« fragte sie.

»Ein Labyrinth? Nein, nie.«

»Und Sie haben auch keine Zeichnung, keine Fotografie gesehen, die es Ihnen hätte erklären können? Auch nicht? Nun, ich will Ihnen sagen, was ein schottisches Labyrinth ist. Stellen Sie es sich so vor: eine von Hecken begleitete Allee, die meistens ein rechtwinkliges Viereck bildet. Dieses Viereck ist einem zweiten Viereck eingefügt, und dieses ist wiederum einer dritten Allee eingeschrieben und so fort, je nach dem Geschmack des Besitzers. Es gehört auch dazu, daß mehrere Alleen ohne Ausgang, also irreführende Sackgassen sind. Ein einziger Weg führt den Besucher vom Eingang des Labyrinths bis zur Mitte des Haines, die meistens durch eine Bank oder eine Sonnenuhr gekennzeichnet ist.

Freilich sind diese gefährlichen Gärten gewöhnlich von geringer Ausdehnung. Ich sollte noch hinzufügen, daß die Wege üblicherweise so schmal sind, daß höchstens zwei Personen nebeneinandergehen können. In dieser Beziehung machte das Labyrinth von Craven eine Ausnahme. Wer es zum erstenmal aufsuchte, wunderte sich, wie breit die Alleen waren. Es zeigte auch noch eine andere Eigenheit. Die Hecken aus Stechpalmen, Buchs und Eiben waren so dicht und hoch, daß man nicht hindurch- und nicht hinüberschauen konnte. Wenn Besucher nach dem Grund dieser Besonderheiten fragten, so bekamen sie keine Antwort.«

Mrs. Murray machte eine Bewegung, die ich kannte; sie vertrieb damit eine lästige Vision.

Sie fuhr fort:

»Meine Augen hatten sich an die Dunkelheit gewöhnt. Ich unterschied rechts und links eine dunkle, langgestreckte, regelmäßige Masse wie eine Mauer. Ich befand mich tatsächlich in einer Allee des Labyrinths und also auf der Fährte.

Ich mußte weiter vorwärts. Meine Finger streiften Blätter und kleine Zweige. Bei jedem Schritt verstärkte sich ein Getöse, das, zuerst kaum wahrnehmbar, immer deutlicher wurde und immer näher kam. Was hörte ich da?

Die Allee knickte plötzlich im rechten Winkel ab, und ich stand bestürzt still.

Eine Wand von dichtgereihten Eiben versperrte die Aussicht. Aber durch die Zwischenräume des Blätterwerks sprühten Funken wie feurige Mücken. Wasser glitzerte silbern unter einem Lichtstrahl zwischen zwei Stämmen.

Margaret hatte sich getäuscht. Es gab in der Nähe des Schlosses einen Teich, der durch fließendes Wasser gespeist wurde. Nur verbarg man ihn.

Was ging vor hinter diesen Bäumen?

Der Lärm unruhiger Stimmen drang bis zu mir. Man war aufgeregt. Man sprach. Plötzlich schrie man.

Ich hatte meine Hände an die Ohren gelegt. Um zu beschreiben, was ich hörte, suche ich immer noch einen Vergleich. Ich kann nur das Wort Ellie Kings wiederholen: ›Es war nicht wie eine Stimme, und doch war es eine Stimme.‹

Ich unterschied unter diesen durchdringenden und unartikulierten Lauten einen Ton, der mir nicht unbekannt war. Ich glaubte, ihn in Sommernächten gehört zu haben. Wo war Gerald? Ich hatte mir kaum die Frage gestellt, als Geralds Stimme in einem so respektvollen, sogar ergebenen Ton erklang, daß ich mich fragte, ob ich mit offenen Augen träumen und gleich in meinem Alkoven erwachen würde.

›Ich bitte Sie, beunruhigen Sie sich nicht. Es ist nichts, versichere ich Ihnen. Morgen wird all dies vorbei sein. Ja, man bringt es Ihnen sofort. Laufen Sie, James, laufen Sie!‹

Die Schreie schlugen in heiseres Ächzen um.

Zu wem sprach Gerald? Wo war der Ausgang? Wo war Harry?

Ich hatte nur noch Zeit, mich platt gegen die Hecke zu drücken (das ist das rechte Wort dafür). Überstürzte Schritte hallten auf dem Boden. Ein Diener des Schlosses rannte wie ein Verrückter vorbei und streifte mich, ohne mich zu sehen. Ich hatte Geralds Diener erkannt.

Diese Dunkelheit, diese schreckliche Stimme, diese zusammenhangslosen Sätze, dieser Mann, davonstürmend, als ob ihn ein Werwolf verfolgte, und meine Angst, gefunden und erkannt zu werden – ich wünschte nichts mehr, als diesem schrecklichen Alpdruck zu entfliehen. Der Ausgang? Das Geräusch der Schritte war noch zu hören; es würde mich zum Tor führen. Das Personal des Schlosses kannte alle Windungen des Labyrinths.

Ich weiß nicht, wie weit ich gelaufen war, als ein Hindernis mich plötzlich aufhielt. Ich war gegen eine Hecke geprallt, die, nach ihrem Widerstand zu schließen, undurchdringlich aufragte.«

Es gab eine Pause. Den Blick in die Ferne gerichtet, schien Mrs. Murray ihre Erinnerungen, eine um die andere, aus der Vergangenheit zurückzuholen.

»Bei uns ist das Wetter sehr launisch. Der Himmel klärt sich auf oder verdunkelt sich in wenigen Sekunden. Bis dahin hatte ich die Richtung der Wege, den Umriß der Bäume und Büsche sehen können; jetzt war nur noch Finsternis um mich. Der Mann war verschwunden. Die Buchs- und Taxushecken, an denen man sich sonst orientieren konnte, hatten sich mit der Nacht verschmolzen. Wo befand ich mich jetzt?

Ich hatte vergessen, daß in den Labyrinthen die meisten Alleen ohne Ausgang sind.

Mußte ich bis zum Morgen hierbleiben, zwischen den Fallen dieses Irrgartens, wo ich nicht einmal um Hilfe zu rufen wagte?

Erst jetzt sah ich den Unsinn meines Streiches ein. Allein bei Nacht an einen Ort zu gehen, wo sich die Geübtesten sogar bei Tage verirrten, wenn sie keinen Führer hatten!

Aber ... war ich sicher, allein zu bleiben?

Darauf antwortete so heftiges Herzklopfen, daß ich glaubte, aus der Ferne die Schläge eines Hammers zu hören. Lieber wieder umkehren, lieber auf Gerald und alle Diener von Craven stoßen und Gott weiß was noch! Alles lieber, als in einer Sackgasse gestellt zu werden von – von wem?

Ich drehte mich um hundertachtzig Grad, streckte die Arme aus wie eine Blinde und ging tastend wieder zurück.

Plötzlich hätte ich fast einen Schrei ausgestoßen. Eine Hand hatte sich auf meine Schulter gelegt.

›Edith, das ist unsinnig. Gehen Sie nicht weiter. Ich erlaube Ihnen nicht, dies zu sehen. Es ist entsetzlich. Sobald wie möglich werde ich Sie nach London zurückbringen.‹

Mein Begleiter schien nur einen Gedanken im Kopf zu haben: schnellstens in unsere Zimmer zurückzukehren.

Zum Glück für mich war es ein starker Arm, der mich stützte, zog und fast trug; denn manchmal fühlte ich mich einer Ohnmacht nahe. Aber das Schicksal wollte, daß ich an diesem Tag noch mehr erlebte.

Wir hatten stillschweigend die Häfte des Weges zurückgelegt, als Harry, ohne mich loszulassen, sich seitlich an das Buschwerk drückte. Ein Licht erschien am Rande des Waldes und näherte sich mit solcher Schnelligkeit, daß ich mich fragte, ob ein Radfahrer sich in das Gebiet von Craven verirrt habe. James rannte, was er nur konnte, an uns vorbei, keuchend und pustend. In einer Hand hielt er eine eckige Flasche, Gin ohne Zweifel, in der andern Hand den Henkel einer Laterne und eine zweite Flasche. Ein Blick belehrte mich über den Inhalt. Ich erkannte die Whisky-Marke *Black and White*.

Was ging denn eigentlich in diesem Labyrinth vor sich? Was war denn dieses Lallen eines Betrunkenen, auf das Gerald in respektvollem Ton mit unverständlichen Sätzen antwortete? Hielt man da drüben bei Fackelschein ein Trinkgelage ab? Ließ sich Gerald so weit herab, in Gesellschaft seiner Diener Flaschen zu leeren?

Im Haus zurück, fanden wir die Türe des schmalen Ganges halb offen. Eine kleine Öllampe, die von der Decke hing, spendete, Tropfen um Tropfen, ein trübes Licht. In diesem engen, schlecht beleuchteten Schlauch schaute ich heimlich auf meinen Begleiter. Mit gerunzelter Stirn und zusammengepreßten Lippen glich er mehr denn je einem Imperator, der im Begriff ist, einen strengen Spruch zu tun. Harry wollte mich in die Halle führen, doch ich hielt ihn fest.

›Harry, was tun diese Leute? Betrinkt sich Gerald mit seinen Dienern?‹

Die Veränderung kam so plötzlich, daß ich ganz verblüfft war. Harry sah – unmöglich, ein anderes Wort zu finden – erleichtert aus. Ich glaubte sogar, den Anflug eines Lächelns zu sehen, das, kaum aufgetaucht, wieder verschwand. Die Antwort kam nach einem Augenblick des Zögerns. Zum erstenmal, seit ich ihn kannte, suchte er nach Worten.

›Gerald tut seine Pflicht, wie die Barone von Craven es vor ihm getan haben. Und jetzt, Edith, gehen Sie schlafen!‹

Ich verzichtete auf weitere Fragen, denn ich wußte im voraus, daß sie unbeantwortet bleiben würden. In dem Augenblick, als ich in mein Zimmer trat, hörte ich Harry zwischen den Zähnen murmeln: ›Dennoch, man täte besser, keine Frauen hierher einzuladen.‹

Erst am übernächsten Tag verstand ich den Blick, der mich so überrascht hatte. Er bedeutete:

›Gott sei Dank, sie hat nichts verstanden.‹

Ich war noch nicht im Bett, als wieder ein Zug den Korridor durchschritt. Aber was ich diesmal hörte, war der langsame Tritt von Männern, die eine schwere Last tragen.

Eine schlaflose Nacht

Der Hofarzt

Ich könnte Ihnen nicht genau sagen, warum mir in dieser Nacht der Gedanke unerträglich war, hinter zwei verriegelten Türen zu schlafen. Ich begnügte mich damit, die äußere Türe zu verschließen, und ich ließ die Schlafzimmertüre ganz offen. Dann versuchte ich, nach Harrys strengem Befehl, zu schlafen, aber umsonst. Die Türe am Ende des Ganges, diese riesige, immer verriegelte Flügeltüre, hatte sich nicht wieder geschlossen. In dem Gang, der zum Turm führte, war ein Kommen und Gehen. Das ununterbrochene Geräusch gedämpfter Schritte und das ständige Flüstern unterdrückter Stimmen drangen bis zu mir.

Dann läutete mehrmals das Telefon. Fragen ohne Antwort. Ungeheuerliche Bilder, die ich zurückwies und die doch vor meinen Augen umherwirbelten; die Erinnerungen an mein dummes Unternehmen, die schlimmer waren als die Wirklichkeit.

Während dieser Stunden der Aufregung und der Heimlichkeit erkannte ich die Stimmen der Diener, die von James, die des Butlers. Ich hörte kein einziges Mal Geralds Stimme. Wo verbrachte er die Nacht?

Gegen vier Uhr morgens legte sich die Aufregung; das Stimmengewirr, das Läuten des Telefons verstummten.

Die große Türe wurde geschlossen und verriegelt. Ich lauschte einen Augenblick – keine Stimme, keine Schritte, nichts mehr. Eine tiefe Stille hatte sich über das Schloß gelegt.

Um fünf Uhr wurde ich durch das Hupen eines Autos aufgeschreckt, und ich beugte mich aus dem Fenster. Ich hatte es nach meiner Gewohnheit offen gelassen, und da man von hier unter anderem die Freitreppe und den Eingang der Halle überblickte, konnte ich alles sehen und hören, ohne daß ich nur einen Augenblick daran gedacht hätte, mich verbergen zu wollen.

Auf der ersten Stufe der Treppe wartete Gerald, noch im gleichen Anzug, den er am Abend getragen. Offensichtlich hatte er sich nicht zu Bett gelegt.

Das Auto hielt vor der Treppe, und die Türe öffnete sich. Ein schwarzgekleideter, korpulenter Herr, das Gesicht von einem graumelierten Backenbart umrahmt, stieg schwerfällig aus, ohne sich zu beeilen. Es war der Hofarzt, dessen Fotografien man überall sah. Der Chauffeur folgte ihm mit einem Köfferchen in der Hand; aber als er die Treppe hinaufsteigen wollte, kam man ihm zuvor. Das Köfferchen ging in Geralds Hand über. Der Herr von Craven und Sir Francis traten ins Haus, wobei sie so leise miteinander sprachen, daß ich auch diesmal nur ein einziges Wort verstand: Blutandrang.

Etwas hat sich verändert im Schloß

Zwanzig Minuten später erschienen beide wieder, schweigsam. Bevor Sir Francis in den Wagen stieg, übergab er dem Herrn von Craven ein Blatt Papier, und, was mich überraschte, die zwei Männer drückten sich lange die Hand.

Tief in Gedanken, den Kopf gesenkt, aber raschen Schritts, kehrte Gerald zur Freitreppe zurück, mit einer Munterkeit, die mich erstaunte.

Es war das erst Mal seit meiner Ankunft, daß ich an ihm dieses jugendliche Benehmen sah. Ich war noch erstaunter, als er, immer eine Stufe überspringend, die Treppe hinaufeilte wie ein Schüler, der Ferien bekommen hat.

Das Auto fuhr ab. Ich schaute zu, wie es sich entfernte, und fragte mich, was für ein Geheimnis es mit sich nehme. Ich verfolgte es mit den Augen, bis man nur noch einen schwarzen Punkt sah zwischen dem gelben und rostfarbenen Blätterwerk. Als es verschwunden war, knarrte etwas ganz in der Nähe auf gleicher Höhe mit meinem Zimmer. Harry schloß wie ich sein Fenster, ohne ein Geheimnis daraus zu machen.

Ich hatte keine Zeit, einem neuen Rätsel nachzusinnen. Der Schlaf, der auf eine durchwachte Nacht folgt, fiel über mich wie ein bleierner Mantel und hielt mich bis zum Frühstück gefangen.

Als ich die Halle betrat, stand ich meinem Vetter gegenüber. Er ließ seinen Blick über meine unordentliche Frisur, über mein zerknittertes Kleid schweifen und schien wenig zufrieden.

›Gerald‹, fragte ich ohne Umschweife, ›wer ist hier im Hause krank?‹

›Keiner von den Gästen und auch kein Diener ist krank‹, antwortete Gerald.

Nach dieser merkwürdigen Antwort machte er sich davon. Aber diesmal hatte ich ihn genügend durchschaut, um mir mit Erstaunen zu sagen:

›Was ist ihm zugestoßen? Er ist nicht mehr derselbe.‹

Nein, Gerald war nicht mehr derselbe. Er war er selbst.

Die Gäste von Craven hatten eben am Tisch Platz genommen, als mir ein Diener einen Brief überreichte. Gerald entschuldigte sich. Dringende Geschäfte, sagte er, nähmen ihn augenblicklich in Anspruch. Er werde aber zum Lunch und zum Nachtessen da sein. Das Briefchen schloß mit dieser Bitte:

›Ich ersuche Sie jetzt um einen Gefallen. Beschleunigen Sie ihre Abreise nicht.‹

Während des Frühstücks war die Unterhaltung banal. Jeder hatte mitten in der Nacht ein Kommen und Gehen und Flüstern gehört. Dann war man wieder eingeschlafen. Die Weine von Craven hatten entschieden die gewünschte Wirkung getan.

›Wissen Sie, ob jemand krank ist?‹ fragte mich mein Tischnachbar.

›Ich habe eben Gerald getroffen, und er hat mir gesagt, daß keiner der Gäste und keiner der Diener krank sei‹, antwortete ich wahrheitsgemäß.

Margaret, die mir gegenüber saß, warf mir einen spöttischen Blick zu:

›Ich habe es Ihnen ja immer gesagt, daß jemand im Schloß nachtwandelt, der allen Grund dazu hat.‹

Wenn man mich fragen würde, was ich an diesem vorletzten Tag gemacht habe, würde ich antworten, daß ich meine Erinnerungen in einige kurze, unzusammenhängende Sätze fassen könnte.

Ein Schloß, so still wie ein Grab. Viele offene Türen. Die Türe in der Galerie jedoch hermetisch verschlossen. Die Diener beschäftigt und schweigsam. Unter ihnen vier alte Männer mit roten Augen von langsam rinnenden, schmerzlichen Greisentränen.

›Ein so guter Herr!‹ murmelte einer von ihnen, als ich vorbeiging.

Von wem sprach er?

Ich habe Ihnen schon gesagt, daß meine Eindrücke von diesen letzten Tagen mehr oder weniger verwirrt waren. Doch gewisse Erinnerungen haften mit unerklärlicher Genauigkeit. Als ich an Geralds Wohnräumen vorbeiging, war ich im Begriff anzuhalten. Der Herr des Hauses saß an seinem Arbeitstisch, den Rücken der offenen Tür zugekehrt.

Sehen Sie, auf allen meinen Reisen führe ich dieses Heft mit mir, um sicher zu sein, daß es niemandem in die Hände kommt, und weil ich es immer wieder gern lese. Ich habe hier den Bericht über meinen Aufenthalt in Craven in kurzen Notizen zusammengefaßt. Hier sind die Eindrücke der letzten Tage. ›Etwas später:

1. Er hat sich dreimal mit dem Rücken zur Türe gesetzt.

2. Während des Nachtessens sind zwei Fensterflügel im ersten Stock heftig zugeknallt. Gerald hat sich nicht gerührt.

3. Der Butler und die Diener überwachen nicht mehr die Ausgänge, die zur Plattform-Treppe führen.

4. Gerald ist ernst und beschäftigt, aber er sieht nicht unglücklich aus.‹«

Hier unterbrach Mrs. Murray ihre Lektüre, um zur Erzählung zurückzukehren.

»Als wir am Abend den Speisesaal verließen und die Herren mit ihren Zigarren und ihrem Wein allein ließen, flüsterte mir Ellie King ins Ohr:

›Ihr Vetter macht den Eindruck eines Zuchthäuslers, der noch nicht gewohnt ist, ohne Ketten zu leben.‹

Aber das Seltsamste war Harrys Benehmen. Ich finde folgende Notiz unter dem gleichen Datum:

›Die Damen packen ihre Koffer, und die Herren sind beim Golf mit Harry. Es ist das erste Mal, daß er das Schloß verläßt, während wir, Margaret, Ellie und ich, darin sind.‹

Denn bis dahin hatte er uns unaufhörlich überwacht. Er hatte keine Gelegenheit versäumt, mich zu begleiten und mir zu folgen. Jetzt schien er mich zu meiden. Endlich am Abend im Korridor nach einem ziemlich kurzen ›Gute Nacht‹ drehte er sich um. Wollte er mir unsere Abreise nach London ankündigen?

›Edith, es ist nicht mehr nötig, daß wir unsere Türen verriegeln.‹

Er trat in sein Zimmer, ohne die Antwort abzuwarten. Harry wollte nicht ausgefragt werden.

Die vorletzte Notiz, die ich einen Augenblick darauf machte, ist so abgefaßt:

›Alle reisen morgen früh ab, außer Harry und mir. Gerald hält uns einen Tag länger zurück. Heute abend Abschiedsessen. Man hat starke Weine serviert wie gestern. Die Damen haben sich nicht lange bitten lassen, außer mir. Harry hat tüchtig getrunken. Gerald hat kaum sein Glas berührt. Was bereitet sich vor?

Eine Stunde später.

Unter Harrys Türe ist das Licht erloschen.‹

Darauf habe ich diese letzten Worte gekritzelt, die genug sagen über den Zustand meiner Nerven:

›Ich begreife nichts. Im Labyrinth hat Harry von einer entsetzlichen Sache gesprochen. Ich habe genug.

Eine halbe Stunde später:

Ich will abreisen.‹«

Hier angekommen, hielt Mrs. Murray inne, um ihre Erinnerungen besser zu ordnen. Nach einem Augenblick stellte sie mir eine unerwartete Frage:

»Haben Sie schon einmal einen tief Schlafenden gesehen, der plötzlich erwacht vom Schein einer aufflammenden Kerze oder vom Aufflackern einer Flamme im Kamin? Nun, das geschah mir in dieser Nacht.

Gegen vier Uhr morgens erwachte ich plötzlich. Ein heller Schein fiel auf mein Fenster. Aber in meinem Zimmer brannte nichts, keine Kerze, kein Holz. Dieser tanzende Schein kam von draußen. Hatte man im Park ein Feuer entfacht?

In jener Gegend kann man um vier Uhr morgens die Gegenstände unterscheiden und die Leute erkennen. Ich will versuchen, Ihnen zu beschreiben, was ich sah, wieder, ohne selber gesehen zu werden, wie immer. Es war das dritte Mal; es sollte das letzte Mal sein.

Gerald ging mit langsamen Schritten über die Terrasse. Zehn Männer folgten ihm in dieser Anordnung:

Zwei Diener eröffneten den Zug. Jeder trug eine brennende Fackel. Dann folgten zu zweien, in parallelen Linien, acht Diener von Craven, die mit erhobenen Armen auf ihren Schultern etwas trugen, was ich noch nicht erkennen konnte. Als sich meine Augen an die Dämmerung gewöhnt hatten, unterschied ich zwei lange, horizontale Stangen. Sie bogen sich unter dem Gewicht einer dunklen, undeutlichen Masse, welche die Diener wie eine Sänfte trugen.

Die acht Träger schritten langsam, mit sichtlicher Anstrengung. Ich bemerkte dies nicht ohne Überraschung, als die Flammen der Fackeln unter einem Windstoß wie Irrlichter zu tanzen begannen. Während einiger Sekunden sah ich da und dort ein weißes Haupt, einen gebeugten Rücken, ein altes Gesicht, das ich erkannte. Die acht Träger waren Greise.

Der Himmel, der schon am Vorabend bewölkt gewesen war, hatte sich verdunkelt. Einer der vorausgehenden Diener hob eine Fackel, um den Weg zu beleuchten, und im Lichtschein zeigte sich eine schwarze, riesige, viereckige Kiste. Gerald drehte sich um und gab einen Befehl, den ich nicht verstand. Die Prozession bog jetzt um die Ecke des Schlosses und verschwand. Sie hatte den Weg nach dem Wald eingeschlagen.

Warum hatte man aus dem Personal von Craven für diese Arbeit nicht junge und starke Männer ausgelesen, statt die ältesten zu nehmen? Dieser Mangel an Rücksicht entsprach nicht Geralds Gewohnheiten. Aber schließlich war nichts daran, was mich besonders hätte überraschen oder beunruhigen können. Ich hatte es aufgegeben, die seltsamen Vorkommnisse zu zählen. Ich ging wieder ins Bett, und ich schlief so tief, daß ich die Familienkutsche nicht hörte, welche die Gäste von Craven und ihr Gepäck zum Bahnhof brachte.

Die Erklärung

An diesem Morgen, als ich mich an den verlassenen Tisch setzte, stellte ich fest, daß mein Kavalier, entgegen seiner Gewohnheit, schon gegessen hatte. Das wunderte mich, denn seit meiner Ankunft pflegte Harry in meiner Gesellschaft zu frühstücken. Am Vorabend, als die Gäste von Craven sich von ihrem Gastgeber verabschiedeten, hatte Gerald heimlich ein Zeichen gegeben, das ich allein beobachtete. Es galt Harry. Ich übersetzte es sogleich in die Worte: Kommen Sie zurück, ich muß mit Ihnen sprechen. Und Harry hatte mit einem Kopfnicken geantwortet, das sagen wollte: Ich habe es erwartet. Wirklich war er, nachdem wir bei der Schwelle meines Zimmers angekommen, fast sogleich wieder hinuntergegangen und eine Stunde später zurückgekehrt. Jetzt mied er mich. Neben meinem Teller lag ein Briefchen mit Geralds Schrift. Mein Vetter bat mich, ihn nach dem Frühstück in seinem Arbeitszimmer aufzusuchen.

›Entschuldigen Sie, wenn ich Sie bitte, mich aufzusuchen, statt daß ich zu Ihnen komme‹, schrieb er. ›Ich bin Ihnen Erklärungen schuldig. Unter anderem habe ich eine Bitte an Sie zu richten. Bei mir ist es ruhig. Ich habe Befehl gegeben, uns nicht zu stören.‹

Ich dachte an die Verlassene, die auf meine Rückkehr wartete. Wollte er mit mir über sie sprechen?

Die Ausländer staunen über den mannigfaltigen Reichtum des englischen Frühstücks und über die bedächtige Langsamkeit, mit der wir es verzehren. Diesmal nahm ich nur eine Tasse Tee. Nach zwei Minuten war ich bei der Türe, vor der Harry mir vor zwei Tagen bleich und unbeugsam den Durchgang versperrt hatte. Was hatte er damals gesehen?

Die Türe öffnete sich, bevor ich geklopft hatte. ›Treten Sie ein, Edith‹, sagte Geralds Stimme.

Nein, wirklich, es war unmöglich, die Vorstellung des Entsetzens mit dem Anblick dieses friedlichen Zufluchtsortes zu verbinden, der geschaffen schien, die Arbeit eines Gelehrten oder die Betrachtungen eines Einsamen zu beschützen. Aber wie ernst war der Raum mit der alten Bibliothek, dem ehrwürdigen Schreibtisch, dem altertümlichen Kamin, mit der eichenen Täfelung, die durch kein Bild, keinen Stich aufgehellt wurde, mit den Ziervasen, in die keine Frauenhand eine Blume gestellt hatte.

Und wie düster war er an diesem Oktobertag, da er durch den Wald noch verdunkelt wurde, der sich mit den gelb gewordenen Bäumen und den halbentblätterten Büschen wie ein zerfetzter Vorhang vor den Fenstern ausbreitete. Der Wald, auf den man immer wieder stieß, der Wald, der zum Labyrinth führte.

Wir hatten uns neben dem Fenster niedergesetzt. Unter dem grauen Licht, das durch die Scheiben hereinfiel, sah ich zum erstenmal, wie sehr Gerald sich verändert hatte. Er erriet es sogleich.

›Sie finden mich gealtert, nicht wahr‹, sagte er. ›Ja, diese zwei Jahre haben mich um zwanzig Jahre älter gemacht. Edith . . .‹

Eine Gemütsbewegung, die ich nicht erwartet hatte, ließ plötzlich den Gerald von einst wieder lebendig werden. Er neigte sich zu mir und nahm meine beiden Hände.

›Edith, jetzt hängt es von Ihnen ab, daß ich glücklich werde. Ich bitte Sie ein zweites Mal um Kitty. Sagen Sie ihr, daß ich jetzt frei bin.‹

Offen gestanden überraschte mich diese Bitte nur halb. Seit zwei Tagen war ich mehr oder weniger vorbereitet, darauf zu antworten. Aber in dieser Stunde handelte es sich nicht mehr um Zweifel und Vermutungen. Es handelte sich um eine Gewißheit. Ich hatte Kitty aufgenommen; ich war verantwortlich für das, was sich daraus ergeben konnte.

›Gerald, ich habe bei meinem Patenkind die Eltern vertreten, die es verloren hat. Ich habe Ihre Braut als Mutter betreut. Ich bin einverstanden, den Schritt zu tun, mit dem Sie mich beauftragen, aber unter folgender Bedingung: Sie sagen mir die Wahrheit, die ganze Wahrheit.

Wer hat Sie dazu gebracht, Ihre Verlobung aufzulösen, und zwar ohne sichtbaren Grund? Warum gibt es hier Verbote, Beschränkungen, verbotene Bezirke, verriegelte Türen, zweihundert Jahre alte Kutschen, die nachts spazierenfahren? (Hier zuckte mein Zuhörer zusammen. Er hatte offenbar nicht geahnt, daß die so genau beobachtet worden war.) Warum sah man nie junge Frauen in Craven? Warum gingen die Frauen des Personals fort, bevor die Nacht anbrach? Warum verbot man den Gästen das Betreten des Labyrinths? Gerald, wovor hatten Sie Angst, wenn es in der Zimmerdecke knackte?‹

Gerald hatte, ohne die Augen zu heben, diese Lawine von Fragen über sich ergehen lassen. Bei der letzten richtete er sich auf und schaute mir ins Gesicht:

›Ich hatte Angst, den Herrn von Craven eintreten zu sehen.‹

Nach dieser Antwort blieb ich stumm.

›Sie haben wie jedermann außer den Leuten des Schlosses geglaubt, ich sei der Baron von Craven, der Besitzer des Schlosses und des Bodens, wie mein Onkel Samuel, wie alle, die ihm seit zweihundert Jahren vorangegangen sind. Das mußte man wohl glauben. Und dies gereicht unseren Dienern und vielleicht auch ihren sogenannten Herren zur Ehre. Der letzte Baron von Craven, Sir Roger Philip McTeam, wurde geboren am 5. April 1730. Er ist hier in seinem Schloß gestorben, gestern, am 20. Oktober 1905, und wir haben ihn diese Nacht in einer Ecke des Parks begraben, gemäß seinem letzten Willen.‹

Trotz meiner Überraschung hatte ich während dieser letzten Worte eine Kopfrechnung angestellt.

›Sie irren sich im Datum‹, sagte ich ruhig. ›Ein Mensch lebt nicht 175 Jahre.‹

›Ein Mensch nicht. Aber eine Kröte schon.‹

›Was sagen Sie?‹

›Die Wahrheit! Nur hatte diese Kröte eine menschliche Intelligenz und ein menschliches Herz.‹

Sie werden sich nicht wundern, wenn ich Ihnen sage, daß ich einen Augenblick stumm blieb. Wenn diese Enthüllung unglaublich war, so war sie doch nicht unmöglich.

Gerald fuhr fort:

›Sie wissen, daß das menschliche Embryo alle Stadien vom Weichtier bis zum Säugetier durchläuft, unter anderen das Stadium des froschartigen Reptils. Auf dieser Stufe blieb der unglückliche Nachkomme von Lady Caroline und Sir Charles stehen. Er wurde größer. Er entwickelte sich. Fast zwei Jahrhunderte lang litt er die Qual zu wissen, daß er eine Mißgeburt war, und er fühlte sich doch als Mensch. Die Eltern von Roger Philip starben jung, nachdem sie dem armen Wesen, welchem sie das Leben gegeben, einen elementaren Unterricht hatten erteilen lassen, den der künftige Herr von Craven selber zu vollenden verstand. Während anderthalb Jahrhunderten, das heißt von seinem achtzehnten Jahre an, hat er alles regiert, alles verwaltet.

Während hundertfünfzig Jahren folgten wir aufeinander, Neffen, Großneffen, Urgroßneffen. Wir trugen den Titel der McTeam. Wir spielten die Rolle von Schloßherren. Wir waren dazu da, Befehle auszuführen und noch viel mehr...‹

›Noch viel mehr?‹

›Um den Makel unserer Familie zu verbergen. Was unsere Aufgabe erleichterte, war, daß er von niemandem gesehen werden wollte, außer von seinen Dienern und seinen Großneffen... Ja, ich weiß, was Sie sagen wollen; aber kann man je auf ein anormales Wesen zählen? Um den Turm zu verlassen, in dem er wohnte, wartete er die Nacht ab. Dann ließ er sich von einem Ende seines Landes zum anderen führen in der Kutsche, die schon seinen Eltern gehört hatte; denn er konnte nichts ertragen, was modern war, und im Schloß wie im Park verbot er, daß man etwas änderte.

Er kümmerte sich um das Wohl der Bauern und um die Armen, deren Leiden er erleichterte. Durch die Vermittlung der ältesten Diener, die er bevorzugte, und durch seine scheinbaren Nachfolger hat er Wälder, Wiesen und Äcker überwacht und gemehrt.

Man schlug keinen Baum, man verkaufte keine Fuhre Äpfel, ohne den alten Herrn, *the old gentleman,* wie ihn die Diener von Craven nannten, um Erlaubnis zu fragen. Ja, er konnte sprechen, aber mühsam, und die Pseudoschloßherren brauchten einige Zeit, bis sie ihn verstanden. (Ich dachte an das Labyrinth und an die Stimme, die nicht menschlich war.)

Bisweilen, wenn seine mit Schwimmhäuten versehenen Finger gefügig waren, gab er eine notdürftige Unterschrift.

Trotz allem kannte dieser Dulder auch einige Freuden. Er liebte die Lektüre und besonders die Bücher, die ihn seinen Beruf als Landwirt und Großgrundbesitzer gelehrt hatten. Er hatte ohne alle Hilfe mehrere Sprachen gelernt. Es lag ihm daran, sein Schloß zu besuchen und festzustellen, daß alles noch sei ›wie früher‹. Er verließ den Turm nicht, ohne von dem jeweiligen Schloßherrn begleitet und von seinen ältesten Dienern ganz nahe umgeben zu sein. Aber das höchste Vergnügen seines Lebens, das einzige, an dem keine Angst und keine Demütigung hafteten, das einzige, bei dem er fühlte, daß sein Elend sich in einen Sieg verwandelte, daß er diejenigen übertraf, die schließlich doch nur Menschen waren; das Vergnügen, bei dem seine Unfähigkeit sich in Stärke verwandelte, seine Unförmigkeit zum Triumph wurde – ich will Ihnen sagen, was es war:

Er verlangte, daß man ihn bei Nacht ins Labyrinth, das heißt zum Teich führte.

Hier, nachdem er sich seines einzigen Kleidungsstückes, einer Art Burnus, entledigt hatte, warf er sich, winters wie sommers, in das Wasser, das sein Element war, das ihn von seiner Dualität erlöste.

Im Winter schlug man das Eis auf. Während seine Leute mit den Füßen stampften und in die Hände bliesen, um sich zu erwärmen, gab er sich Akrobatikkünsten hin, welche die kühnsten Schwimmer nicht gewagt hätten. Bisweilen blieb er sogar so lange unter Wasser, daß seine Wärter voller Angst glaubten, er sei ertrunken, und schon davon sprachen, den Teich ausschöpfen zu lassen, worauf er plötzlich auftauchte, ans Ufer sprang und verbot, daß man ihn abtrockne. Er war der Herr dieses Elements, aus dem das Leben geboren wurde. Er war wieder der ferne Vorfahre geworden, der auf der Erde gewesen, lange bevor der Lehm geknetet wurde, aus dem Adam entstand.

In seinen Burnus gehüllt, kehrte er in den Turm und in sein Zimmer zurück.

In einer Ecke lag eine Seegrasmatratze auf dem Boden, ohne Bettuch, ohne Kissen, ohne Decke. Der Herr von Craven kauerte sich zusammen auf diesem seinem einzigen Bett, das auch sein Sterbebett war. Dort haben wir ihn vorgestern niedergelegt, dort hat er uns seinen letzten Willen diktiert: ›Ich wünsche, im Labyrinth, neben dem Teich begraben zu werden, wo ich die einzigen glücklichen Momente meiner Existenz erlebt habe.‹

Hier hielt Gerald inne. Aber ich hatte ihn noch etwas zu fragen: ›Da der Ahnherr doch harmlos, sogar gutmütig war, warum dieses eigensinnige Zölibat?‹

Gerald antwortete: ›Weil man immer mit der Neugier einer Frau rechnen muß. (Ich wußte genug davon!) Der erste Baron unserer Linie hatte eine Frau genommen. Kurz vor ihrer Niederkunft übertrat sie das Verbot. Sie verdunkelte ihr Zimmer und öffnete die Türe ein wenig. Sie sah das entsetzliche Gesicht und starb in der Nacht, nachdem sie ein totes Kind zur Welt gebracht hatte.‹

Während mein Vetter mir dies erzählte, hatte ich mir Rechenschaft darüber gegeben, daß diese Existenz voller Aufregungen, dieses nächtliche Ausgehen und Heimkehren, diese unerklärlichen Verbote, die zu Fragen verleitet hätten, die ohne Antwort bleiben mußten, und die Gefahr einer zufälligen Begegnung – daß all dies unvereinbar gewesen wäre mit den Forderungen des Ehelebens und mit meinen Träumen von einem Häuschen außerhalb des Parks.«

Ich wagte eine Frage.

»Aber, gnädige Frau, warum hat er Ihnen nicht die Wahrheit gesagt, als er seine Verlobung auflöste?«

»Weil die Schloßherren und die Diener alle vereidigt waren«, antwortete Mrs. Murray. »Sie hatten alle geschworen, das Geheimnis zu bewahren, und sie haben es alle bewahrt.«

»Und ... was Herr Seymour im Arbeitszimmer gesehen hat, was war das?«

Die Erzählerin suchte einen Augenblick in ihren Erinnerungen. So viele Ereignisse waren auf jenes gefolgt.

»Bei Gerald? Ach ja, ich erinnere mich jetzt. Sie wissen, daß mein Vetter zerstreut war. Er hatte auf dem Tisch eine Abhandlung über die Mißgeburten liegen lassen, und das Buch war geöffnet beim Kapitel: ›Außergewöhnliche Lebensdauer‹. – Da wußte Harry genug.«

Es war Zeit, sich zu verabschieden. Mrs. Murray schien müde und konnte es mit gutem Recht sein.

Aber konnte ich mich zurückziehen, ohne noch etwas über das Schicksal von Kitty und Gerald erfahren zu haben?

Mrs. Murray erriet ohne Zweifel meine Gedanken. Sie hatte ein nachsichtiges Lächeln.

»Seither habe ich mehr als einmal Craven wiedergesehen, als Gast eines jungen Paares. Ich bin auch wieder ins Labyrinth gegangen.

Vom Ufer des Teiches hinter dem Halbkreis hundertjähriger Bäume sieht man eine an einen Rasenhügel gelehnte Platte. Zwei Daten und einige Worte sind in den Stein eingeschnitten. Sie lauten:

Hier ruht
Sir Roger Philip McTeam
Baron von Craven
1730–1905

Nachwort

*von Jacques-Michel Pittier**

Die Persönlichkeit und das Werk Maurice Sandoz' vorzustellen ist kein leichtes Unterfangen, und trotz etwa zehn Jahren geduldiger Recherchen und unermüdlicher Lektüre scheint es mir, als hätte ich einen großen Teil des Weges mit einem Reisegefährten zurückgelegt, von dem nur der Schattenriß mir vertraut wurde; viele Charakterzüge, die Tiefen seiner Persönlichkeit und die schriftstellerische Entwicklung entziehen sich mir noch immer.

Maurice Sandoz, dieser ebenso rätselhafte wie faszinierende Mensch, erblickte das Licht der Welt am 2. April 1892 in Basel. Aufgewachsen in Le Locle (Schweizer Jura), war er der jüngste von drei Brüdern. Aurèle Sandoz, der älteste, wurde Finanzmann, Geschäftsführer des 1886 gegründeten pharmazeutischen Familienunternehmens, wirkte aber auch als Mäzen, während der zweite Bruder, Edouard-Marcel, sich einen Ruf als Tiermaler und -bildhauer machte – vor einigen Jahren wurde seine Laufbahn mit einer glanzvollen Retrospektive im Musée cantonal des Beaux Arts in Lausanne gewürdigt.

Vom jungen Maurice Sandoz weiß man relativ wenig – zumeist nur das, was er uns in einigen erzählerisch gehaltenen, in ihrem Wirklichkeitsgehalt schwer bestimmbaren

---

* Jacques-Michel Pittier, geboren 1955, ist Schriftsteller, Journalist und Vorsitzender der Stiftung Edouard-Marcel et Maurice Sandoz (FEMS) in Jouxtens am Genfer See.

Erinnerungen in seinem Buch »Der magische Kristall« überliefert hat. Im Zentrum seiner Universitätsausbildung standen – geradezu ein familiäres Erbe – naturwissenschaftliche Fächer. Maurice widmete sich der Chemie, interessierte sich für Farbstoffe, für seltene Substanzen, deren komplizierte Namen für den Uneingeweihten das Geheimnis noch erhöhen, um das seine ersten Forschungen kreisten. Schüler von Bayer und Rötgen in Deutschland, später dann Student in der Schweiz, erwarb er zu Beginn der zwanziger Jahre in Lausanne den Doktorgrad.

Doch einhergehend mit dieser naturwissenschaftlichen Ausbildung entwickelte sich sein Sinn für die Künste, für Musik und Literatur, und nach und nach gab Maurice Sandoz seine Karriere als Chemiker zugunsten einer sehr vielseitigen als Komponist, Lyriker und Erzähler auf.

Wir sprachen bereits vom Rätsel, vom Geheimnis, und wenn es ein Schlüsselwort gibt, das dem Leben dieses ungewöhnlichen Autors gerecht wird, so ist es wohl das Seltsame oder Phantastische. Seltsam und phantastisch war sein Weg als Schriftsteller und Komponist, immer wieder gekreuzt von unerwarteten Begegnungen, berührt von merkwürdigen Überraschungen, seltsam auch sein Schicksal als Mensch; es war das eines ewig Reisenden, eines nomadisierenden *gentilhomme*, neugierig auf alles, doch gegen Ende seines Lebens vieles aufgebend, so wie es in den folgenden Zeilen seines Gedichts »Der Tod des Reisenden« deutlich wird:

»Auf meinem Tisch seh' ich die Zirkel ohne Nutzen,
die einst den grauen Globus mir vermaßen.
Doch mich lockt keine Überraschung dieser Welt mehr;
Ich kann nur immer sagen: Wenn ich doch schon
   dort wär' ...«

◁ Maurice Sandoz in den 40er Jahren

Wenn er noch lebte, würde Maurice Sandoz im April 1991 seinen 99sten Geburtstag feiern. Er hat diese Welt schon vor dreißig Jahren verlassen, auf eigene Entscheidung, und nur wenige erinnern sich an ihn, an sein musikalisches wie an sein literarisches Werk, das er uns vermacht hat. Man findet seine heute vergessenen Bücher mit ein wenig Glück nur noch bei den Antiquaren – und doch haben sie, Spiegelbild seiner Persönlichkeit, einen nicht zu vernachlässigenden Anteil am kulturellen Erbe der französischsprachigen Schweiz.

Gedichte, Erzählsammlungen, Romane, Theaterstücke, aber auch Reiseerinnerungen folgten zwischen den zwanziger und fünfziger Jahren in einer Bibliographie aufeinander, die für insgesamt 15 Titel nicht weniger als 70 Editionen und Reeditionen aufweist. Maurice Sandoz, der Kosmopolit, erlebte in der Folge häufig wechselnder Wohnsitze zwischen New York und Lissabon, Rom und Zürich die Übersetzung seiner Werke in vier Sprachen, und viele seiner Bücher wurden von Künstlern illustriert, von einem Salvador Dalí sogar, aber auch von weniger bekannten Namen wie Gustav Schroeter Ingo, Rolf Dürig oder Fabius von Gugel.

Es ermüdet, ihm bei seinen Irrfahrten auf der Spur zu bleiben, aber jede seiner Reisen erbrachte ihre Ausbeute an Texten: Erzählungen, die fremdartige und berauschende Düfte atmen, Anekdoten, die sich zwischen den Seiten verstecken unter der Maske der Erinnerung oder der Erfindung.

Überhaupt war Maurice Sandoz ein wenig ›Mann der Maske‹, ein Mann geschickter Inszenierungen. Als Kind gefiel es ihm, Geschichten zu erzählen, Anekdoten zum besten zu geben, die, hatte er sie nun gehört oder ganz und gar erfunden, durch ihre traumverlorene, halluzinatorische Atmosphäre seine Gouvernanten in Angst und Schrecken versetzten oder seine Zuhörerschaft erschauern ließen; in scharfen und realistischen Zügen beschworen sie den Schatten eines Toten, ein tragisches Schicksal herauf.

Darf man in dem, was sich solcherart als privilegierte Kindheit und Jugend darstellt, die Ursprünge dessen vermuten, was später Roman, Erzählung, phantastische Geschichte wurde?

Dergleichen läßt sich nur schwer erhärten, insofern es wenige unmittelbare Zeugnisse aus dieser Lebensphase des Schriftstellers gibt, doch wenn man seinen Verwandten Glauben schenken will, war es wahrscheinlich zu eben dieser Zeit, daß der junge Maurice Sandoz ›vom Virus des Seltsamen befallen wurde‹. Zahlreiche seiner ersten Erzählungen handeln von Kindern oder Jugendlichen, heimgesucht von phantastischen Erscheinungen, die sich dann freilich zumeist als Produkte trügerischer Einbildungskraft, einer allzu lebhaften Phantasie erweisen.

Auch was der Verfasser darüber im Vorwort zu den »Seltsamen Erinnerungen« sagt, kann uns einen Hinweis geben, selbst wenn es ungewiß bleibt, ob er hier biographisch spricht oder als Erzähler:

»Unter den allzu vielen Fragen, die sich mir stellten, ohne daß ich sie hätte beantworten können, gibt es eine, auf die ich immer wieder zurückkomme. Ich frage mich, ob die Neigung für das Absonderliche, mit der ich Dingen, Menschen, bizarren Wesen begegne, die seit meiner Kindheit durch mein Leben gegangen sind, nichts anderes als eine Sucht oder Gewohnheit ist, von der ich mich kaum mehr trennen kann. Oder aber hat im Gegenteil eine unwiderstehliche Anziehungskraft mich immer wieder, ohne daß es mir selbst bewußt geworden wäre, in Lebenslagen gebracht, die einzigartigen Begegnungen, unerklärlichen Zufällen günstig waren?

Dieses kleine Buch hat in meinen Augen nur einen Verdienst: es beschränkt sich darauf, merkwürdige Ereignisse zu erzählen, ohne sie immer aufklären zu wollen.

Und dies scheint mir weise Vorsicht.«

Wie sollte man umhin können, eine Parallele zu ziehen zwischen diesem Vorwort und der Einleitung zum »Labyrinth«, wo Sandoz sorgfältig die Zweideutigkeit des Autor/Erzähler-Standpunkts aufrechterhält, derart, daß der Leser sich darin verwickelt und nicht mehr weiß, ob das, was er nun lesen wird, Widerschein schriftstellerischer Phantasie ist oder wahre Begebenheit und als solche beobachtet und berichtet von Zeugen.

Doch kehren wir zurück zum Menschen Sandoz.

Es ist uns kein Manuskript von seiner Hand zurückgeblieben, nur ein paar Dutzend Briefe, hier und da gesammelt, in denen er jedoch nicht auf seine schriftstellerische Arbeit eingeht, sondern lieber von seinen Plänen, seinen Reisen berichtet oder wenig bedeutsame Anekdoten erzählt.

Es ist also eine – und als Forscher hoffe ich vorläufige – Tatsache: Kein Original (ausgenommen das unveröffentlichte Manuskript »Le Pavillon des Abeilles«) konnte bis auf den heutigen Tag wiedergefunden werden, weder bei seiner Familie noch bei den Freunden oder Bekannten, die ich bis jetzt kennenlernte. Es lassen sich wenigstens zwei Vermutungen anstellen, um dieses merkwürdige Defizit zu erklären.

Maurice Sandoz hat, wie jeder Schriftsteller, Notizen gemacht, sie dann aber vernichtet; vielleicht sind diese Texte auch erst nach seinem Tod untergegangen. Das wäre die eine Möglichkeit.

Die zweite ist weniger verlockend, doch wäre es unehrlich, sie zu unterschagen, verweist sie doch auf ein weiteres Rätsel im Leben dieses Mannes, für den das Rätselhafte und ein gewisses Außenseitertum (Maurice Sandoz war homosexuell) Konstanten zu sein schienen: Es wurde behauptet, daß er seine Texte nicht selbst geschrieben habe, wenigstens nicht vollständig, daß er Schriftstellern, die bis jetzt unbekannt geblieben sind, die Grundideen zu seinen Erzählungen anvertraute, auf daß sie sie in eine literarische Form brächten.

Ein Briefwechsel, den die Kantonals- und Universitätsbibliothek von Lausanne aufbewahrt, scheint diese zweite These teilweise zu erhärten. Es handelt sich um Briefe und Notizen einer Korrespondenz zwischen Jacqueline Biaudet und Maurice Sandoz über den Roman »Das Haus ohne Fenster«, der 1943 erstmals erschien. Sandoz erwähnt darin den genannten Text und dankt Jacqueline Biaudet dafür, daß sie dessen *toilette* übernommen habe. Tatsächlich ergänzte sie auf stilistischer und chronologischer Ebene manches Detail, das Sandoz in der endgültigen Fassung der Erzählung dann aufgreifen sollte.

Darf man aber im Licht dieser wenigen Briefe, von denen man nicht weiß, ob sie die Korrespondenz in ihrer Gesamtheit umfassen, und die bis heute einen Einzelfall darstellen – darf man auf dieser Grundlage die Autorschaft Maurice Sandoz' für sein ganzes Werk in Zweifel ziehen? Ich glaube nicht, zunächst einmal, weil es sich, wie ich schon sagte, hierbei um einen Einzelfall handelt, und dann, weil uns der unveröffentlichte Text mit dem vorläufigen Titel »Pavillon des Abeilles« erhalten blieb und für sich selbst spricht.

Diese Erzählung, die einzige uns bekannte Handschrift, stammt wahrscheinlich aus den Jahren zwischen 1910 und 1915 und ist mit Korrekturen in roter Tinte buchstäblich übersät, mit Änderungen, Ergänzungen und Überschreibungen, doch entfaltet sie schon einige der Themen, die wir weiterentwickelt in der Folge des Sandozschen Werkes wiederfinden werden. Die Handschrift dieser Textnotizen erlaubte es mir nicht, die Identität des Korrigierenden festzustellen, doch handelt es sich vor allem um Eingriffe in den Stil, der zwar noch unsicher ist, aber sehr wohl dem des jungen Sandoz zu jenem Zeitpunkt korrespondiert, an dem er seinen ersten Roman »Le Jeune Auteur et le Perroquet« (1920) veröffentlichte (der in weiten Teilen von dem frühen Manuskript angeregt wurde).

Bis zum Beweis des Gegenteils also und trotz des Fehlens anderer handschriftlicher Manuskripte betrachte ich Maurice Sandoz als den authentischen Verfasser seiner Bücher; dies scheint mir im Augenblick der einleuchtendste Standpunkt zu sein angesichts der Gesamtheit seines Werkes, das eine unbestreitbare Einheit des Tons und des Stils aufweist.

Werfen wir nun einen Blick auf Maurice Sandoz, wie er uns Anfang der zwanziger Jahre erscheint, als sich seine literarische Laufbahn abzuzeichnen begann. Will man den Fotografien aus jener Zeit Glauben schenken, so ist der junge Mann schön und verführerisch. Dank seiner Herkunft verfügt er über mehr als reichliche Einkünfte und teilt mit seinen Brüdern Aurèle und Edouard-Marcel die Leitung des Familienunternehmens – die er indessen nur wenig später zugunsten seiner älteren Brüder aufgeben wird, um sein Leben fortan ganz und gar dem Reisen, dem Vagabundieren möchte man sagen, zu widmen.

Zunächst führt ihn der Weg nach Rom. In einem außergewöhnlichen Herrenhaus, das die Caracalla-Thermen noch überragt (und von dem später ausführlicher zu sprechen ist), wird er sich niederlassen, und zwar für lange Zeit. Hier wird er während der dreißiger Jahre alles empfangen, was das Italien dieser Epoche an Intellektuellen, Künstlern, Musikern und anderen Persönlichkeiten aufzubieten hat: zu Festen, die prunkvoll gewesen sein sollen – und das waren sie bestimmt, denn Maurice Sandoz besaß Sinn für das Fest und auch die Mittel dazu.

Sandoz, ein Wanderer, ein Junggeselle, immer in Bewegung, ist an weniges gebunden und neugierig auf alles:

Man ist in der Schweiz, am Ufer des Konstanzer Sees, in Zürich, doch bald wieder in Florenz, in Spanien, im Fernen

Osten oder Nordafrika, um darauf mit »Personal Remarks about England« oder auch dem »Labyrinth« nach England zu gelangen, nach Irland, weiter dann nach Mexiko, Indien und Brasilien. Jedesmal ein Text, ein Gedicht, eine Atmosphäre, die uns daran erinnern, daß Maurice Sandoz, im Gegensatz zu einem Blaise Cendrars, schlichtweg das meiste, von dem er erzählt, auch selbst geschaut hat.

Ob es um ein steinernes indianisches Idol mit Saphiraugen geht, eine Tsantsa, einen Schrumpfkopf, wie ihn die Jivaro-Indios herstellen, eine inmitten von Wüsteneien in Vergessenheit geratene Oase oder um jene schottischen Landschaften, die im Reisenden Träumereien und trügerische Bilder hervorrufen – Maurice Sandoz hat alles gesehen und aufmerksam beobachtet. Hieraus hat er Erzählungen gezogen, Geschichten, die uns schaudern lassen, Gedichte oder Erinnerungen, schillernd und intensiv, mit denen er den Leser in den Bann seiner Feder zieht.

Was die Besonderheit dieses Autors ausmacht – und ich glaube seinen wohl einzigartigen Charakter in der Literatur der zeitgenössischen französischen Schweiz –, das sind seine Themen. Weit entfernt von den erdhaft-mystischen Sujets eines Ramuz und weiter noch von denen eines Cingria oder Cendrars, richten sie sich auf das Phantastische. Mit Sandoz wendet man sich dem Anderen, dem Exotischen, dem Fremden zu, und ich glaube, daß der Autor diese Anziehung durch das Exotische schon sehr jung verspürt hat und daß eben dieser Umstand dazu beigetragen hat, ihn zu einem Außenseiter zu machen. Vertraut mit allem, was sich mit dem Seltsamen oder Unerklärlichen berührte, seine Schauplätze unter fremden Himmeln suchend, betrat Sandoz kaum jenen eher konventionellen literarischen Raum, der zwischen 1920 und 1950 die französisch-schweizerischen Schriftsteller umfing.

Näher verwandt scheint Sandoz der angelsächsischen und deutschen Mentalität, in deren Literatur sich schon früh, seit Poe und Hoffmann, das phantastische Genre abzeichnete. Das erklärt sicher auch den Erfolg der Übersetzungen ins Deutsche, Englische oder Amerikanische, die bis Ende der fünfziger Jahre in den Vereinigten Staaten wiederaufgelegt wurden (wo Sandoz zudem in einer neueren Anthologie vertreten ist) wie auch in der deutschsprachigen Schweiz. In Zürich erschien 1967 unter dem Titel »Am Rande« die zuerst 1954 veröffentlichte Sammlung exotisch-phantastischer Erzählungen sogar als Taschenbuch.

Dagegen herrscht in der französischsprachigen Welt seit 1958 vollkommene Stille. Nach Sandoz' Tod schien sich niemand mehr für sein Leben oder für seine Texte zu interessieren. Ich gehöre nicht zu denen, die dies unerklärlich finden. Unbestreitbar ist jedenfalls, daß Sandoz große Mühe damit hatte, in den Schoß der französischen Literatur aufgenommen zu werden – trotz oder vielleicht gerade wegen seines immensen Privatvermögens, zum Trotz auch aller guten Fürsprache, so etwa der von Jacques de Lacretelle, eines vor kurzem verstorbenen Mitglieds der Académie Française.

Doch kehren wir zu den Texten selbst zurück. »Das Labyrinth« ist wohl der gelungenste Roman von Maurice Sandoz. Das Werk erfuhr zahlreiche Übersetzungen, und in mancher Hinsicht verdient es mehr als nur eine einfache, einmalige Lektüre. Viele seiner charakteristischen Elemente offenbaren nämlich einen Stil, eine Art und Weise, die phantastische Erzählung zu entwerfen und auszuführen, die bezeichnend ist für den Verfasser und den Leser fesselt durch die wohlkomponierte Fülle unglaublicher Ereignisse.

Die Vorzüge des Sandozschen Stils sind im »Labyrinth« sehr gegenwärtig: sein Sinn etwa für Spannung, für Beschreibung im Sinne jenes Realismus, mit dem er seine Figuren anpackt, ihnen eine geheimnisvolle Aura verleiht. Und hinter all dem, was nur eine weitere Maske von Maurice Sandoz ist – Verführen durch Erzählen –, schwebt der Fluch, dessen Opfer die Barone von Craven seit Generationen sind; er erregt die gespannte Neugier der Leser und wird schließlich auf seltsamste Weise erklärt.

Es liegt etwas Unheimliches in der Beschwörung des Schicksals von Roger Philip McTeam ... und das ist ein gutes Zeichen, wenn man sich für einen merkwürdigen Schriftsteller wie Maurice Sandoz interessiert. Denn schließlich ist es recht ungewöhnlich im literarischen Panorama der französischen Schweiz jener Zeit, die – sei es auch fiktive – Geschichte eines schottischen Edelmannes in Gestalt einer Kröte zu erzählen, der auf geheimnisvolle Weise über seine Ländereien wie seine Nachkommen herrscht.

Offen gestanden wissen wir nichts über die Entstehung des Romans, denn sein Verfasser hat keinerlei schriftliche Spuren hinterlassen: nicht Tagebuch, nicht Arbeitsplan und auch keine Notizen, die es heute erlaubten, die seltsame thematische Wahl zu ergründen. Jedenfalls muß man zugeben, daß das Sujet dieses Buches ungewöhnlich ist, auch außerhalb des literarischen Kontexts seiner Zeit. Der Verfasser erklärt sich selbst nicht dazu, sondern vertraut ganz auf die Verzauberung durch das Rätsel, das diese Geschichte stellt, und gibt vor, einen der Hauptzeugen gekannt zu haben. Man wird diese Verfahrensweise der Maskierung später wiederfinden in der Erzählsammlung »Am Rande«.

Als Kind gefiel es Maurice Sandoz, seine Zuhörer mit Phantasie zu fesseln ... Als Erwachsener verlieh er seinen Texten dieselbe Überzeugungskraft, übte er eine faszinierende Macht über jene aus, die Gelegenheit hatten, ihm zu begegnen, indem er ihnen die merkwürdigsten Geschichten und Anekdoten erzählte. Empfing er nicht, ob in Burier oder

Rom, ob in Lissabon oder in seinem Haus in Neapel, eben deshalb auserwählte Gäste, um sie an den Genüssen und Raffinessen seines ästhetischen Reichs teilhaben zu lassen?

Es genügt, sein römisches Haus in Augenschein zu nehmen, zumindest das, was davon geblieben ist – die geschnitzten Decken, die Intarsien der Parkettböden, die Eleganz der Proportionen oder auch die antike Statue, die den Park schmückt –, um sich davon zu überzeugen, daß man es wirklich mit einem ›Fürsten des Geschmacks‹ zu tun hat; des guten Geschmacks einer anderen Zeit, wohlverstanden, dessen Glanz aber bis in unsere Tage kaum verblichen ist.

Zweifelten Sie daran oder verschmähten Sie weite Reisen, so genügte es – wollten Sie denn ein Stückchen Intimsphäre von Maurice Sandoz kennenlernen –, Le Locle zu besuchen. Im Musée des Monts hätten Sie dort einen Teil seiner Automatensammlung vor Augen, die als die erstaunlichste überhaupt gilt. In ihr findet man einen kleinen Schriftsteller, der vor seinem Schreibzeug sitzt – man könnte meinen, es sei eine Figur von Rousseau –, ganz versunken ins Abfassen eines Briefs, den er in seiner linken Hand hält, während dank des Mechanismus, der in seinem Rücken arbeitet, die rechte Hand mit der Feder über das Papier spaziert und einige Zeilen hinwirft ...

Dieser kleine Skribent, übrigens auch Thema einer Erzählung des schweizerischen Autors, ist eines der Glanzstücke der Sammlung, die Sandoz dem Musée des Monts vermacht hat: ein herausragendes Beispiel feinster Uhrmacherkunst. Ein Nachkomme von Maurice Sandoz hat dessen Liebe zur perfekten Mechanik, zu ausgefallenen Automaten geerbt oder jedenfalls doch aufgegriffen: Er sammelt heute mechanische Musikinstrumente, etwa Pianolas, aber das ist eine andere Geschichte ...

Maurice Sandoz' Beziehung zu Dalí, der bibliophile Ausgaben seiner Bücher illustrierte, war zweifellos punktuell, ebenso die Bekanntschaft mit Jean Cocteau um 1914. Sandoz war ungefähr zwanzig Jahre alt, als er die Bekanntschaft Cocteaus machte, wahrscheinlich im Freundeskreis um Ansermet und Strawinsky. Cocteau erwähnt diese Begegnung in seinem Tagebuch »Le Passé défini« ein einziges Mal; sie scheint nicht zu einer dauerhaften Beziehung geführt zu haben. Immerhin findet man in Sandoz' musikalischem Werk ein Stück für Stimme und Piano, »Les Stances de Septembre«, dessen Text von Cocteau stammt.

Deutlicher tritt der Einfluß hervor, den der Schriftsteller Fred Roger-Cornaz und sein Bruder Jack Cornaz auf Sandoz nahmen. Fred lenkte Sandoz' erste poetische Schritte, bezeugt durch eine Widmung am Anfang der »Imitation des Sonnets from the Portuguese«, die 1955 publiziert wurden, also drei Jahre vor Sandoz' Tod: »Für Fred Roger-Cornaz, der einstmals so oft und auch diesmal meinen Sonetten aus Silber Flügel aus Gold verlieh«. Fred Roger-Cornaz selbst veröffentlichte einige Sammlungen von Erzählungen und Novellen – und wenn beider Freundschaft sich auch in verschiedenen Zeugnissen, die ich sammeln konnte, bestätigt, so unglücklicherweise doch nicht durch einen Briefwechsel, von dem man wüßte.

In der Tat hat Fred Roger-Cornaz in seinem Testament verfügt, alle nachgelassenen Briefe nach seinem Tod zu vernichten. Man muß diese Entscheidung bedauern, denn sie beraubt uns wichtiger Einsichten in das, was Sandoz' Leben auf künstlerischer und wahrscheinlich auch persönlicher Ebene gewesen ist; man darf vermuten, daß seine Korrespondenz in dieser Hinsicht sehr aussagekräftig gewesen ist, da doch die beiden Männer während einer guten Anzahl schöpferischer Jahre von Maurice Sandoz intime Freunde waren.

Der zweite der beiden Brüder, der Architekt Jack Cornaz, entwarf für Sandoz die Innenausstattung einiger der Domizile, in denen der Schriftsteller gelebt hat, und wenngleich sie auch weniger eng verbunden waren, so kannten sie sich doch sehr gut. Doch auch hier wieder kann sich meine Nachforschung auf nichts Konkretes stützen.

Dies ist beispielhaft für eine Konstante der Untersuchung, der ich mich seit zehn Jahren widme. Einige Zeugnisse, mündliche Zeugnisse von oft schon sehr alten Leuten, aber sehr wenige Briefe, Schriftstücke, Manuskripte, kurz: nichts von dem, was üblicherweise das Glück des Forschers ausmacht. Und angesichts des Fehlens präziser Lebenszeugnisse frage ich mich manchmal, ob der Schleier, der Sandoz' Vergangenheit einhüllt, jemals gelüftet wird.

Wir sprachen schon von einigen bevorzugten Freunden Maurice Sandoz', zu denen in gewissem Maße Cocteau und Dalí gehörten und dauerhafter Fred Roger-Cornaz und sein Bruder Jack. Wollte man sich aber eine glänzende Galerie der Wahlverwandtschaften vor Augen führen, würde man in Sandoz' Erinnerungen auf Momentaufnahmen, auf echte Porträts von einigen Persönlichkeiten stoßen, deren Bekanntschaft er im Verlauf seines Lebens machen konnte.

Die Absicht liegt mir fern, eine solche Liste aufzustellen. Als ich aber zu verstehen suchte, wer Maurice Sandoz gewesen sein könnte, was ihn zum musikalischen und literarischen Schaffen motivierte, sagte ich mir, daß sich einer der Schlüssel zu dem Rätsel, das er für mich immer noch darstellt, unter den Gestalten finden könnte, die er im »Magischen Kristall« beschreibt. Man begegnet dort immerhin einem Komponisten, und dazu keinem unbedeutenden, denn es handelt sich um Camille Saint-Saëns, und einem englischen Schriftsteller namens Ronald Firbank, der heute weitgehend in Vergessenheit geraten ist.

Da ich Sandoz selbst nicht kennen und nach den Gründen befragen konnte, die ihn zum Schreiben drängten, bleibe ich auf Mutmaßungen angewiesen: das Bedürfnis, Geschichten zu erzählen, das seit der Kindheit existierte, der Sinn für eine gewisse Verfeinerung des Stils, der sich mit der Zeit verfestigen sollte, und die Vorliebe für die überraschende Form bilden zweifellos den Motor seines literarischen Schaffens.

Was sein musikalisches Wirken betrifft, so bringt uns die Sammlung von Erinnerungen einige Hinweise, denn Sandoz erzählt dort, wie die aufeinanderfolgenden Bekanntschaften mit Saint-Saëns, als er noch jung und der Komponist schon alt war, dann mit Ansermet, schließlich mit Diaghilew und Nijinsky ihn auf diesem Weg bestärkt haben.

Sandoz komponierte nicht viel, doch hat er einige interessante Stücke hinterlassen, geprägt vom französischen Stil, wie ihn Duparc, Debussy oder Fauré repräsentieren. Wir verdanken ihm hübsche Melodien für Stimme und Klavier, ein »Carnaval«, das zwar im Geiste eines Schumann, also im romantischen Geist komponiert, auf stilistischer Ebene jedoch sehr verschieden davon ist, und Werke für Orgel, die er am Ende seines Lebens schrieb, als er sich in Lissabon niedergelassen hatte.

Aus welchen Motiven heraus Sandoz aber auch immer komponiert haben mag, so ist diese Kunst bei ihm doch weniger entwickelt als die des Schreibens und hat ihren Ort eher am Rande seines Werkes.

Ich sprach bereits von Sandoz' Bedürfnis, andere in Erstaunen zu versetzen. Mit der Zeit erschien mir dieser Charakterzug, den mir einige Zeugen seines Lebens bestätigten, immer bestimmender hervorzutreten. Alles bei Sandoz, sein Lebensstil wie die Art, seine Freunde auszusuchen, seine Residenzen, das Raffinement, mit dem er die Liebe zu den Künsten kultivierte, zur guten Küche, zum Schönen überhaupt, verrät diese Lust, Überraschungen zu bereiten; zwar immer in Maßen, ohne Glitter oder irgendeine Art von Künstlichkeit, aber stets mit einem unleugbaren Sinn für Inszenierung.

Hätte er in der Zeit von Jules Barbey d'Aurevilly gelebt, wäre er zweifellos eine Inspiration für dessen Werk »Vom Dandytum und von G. Brummell« gewesen. Denn es war etwas von einem Dandy in Maurice Sandoz. Ein Dandytum, das ihm sein Vermögen gestattete, das er aber mit Geschick und Sorgfalt kultivierte, bedacht darauf, andere zu überraschen, ohne jemals selbst überrascht zu scheinen.

Es scheint merkwürdig, dergleichen von einem Schriftsteller zu behaupten, doch ich bin ehrlich überzeugt, daß er es wünschte, mit seiner stattlichen Erscheinung und anderen Äußerlichkeiten genauso wie mit seinen Werken, andere zu frappieren.

Sandoz bezauberte seine Umgebung, und unter denen, die ihn mir beschrieben, sprachen viele von einem feinsinnigen Menschen, charmant, distinguiert, einem jener mondänen Männer im positiven Sinne des Wortes: zweifellos ein Epikureer, doch nicht weniger großzügig.

Dennoch muß man feststellen, daß die Operation, der er sich während der Kriegsjahre unterziehen mußte und die auf einer Wange eine deutliche Narbe hinterließ, ihn sehr mitgenommen hat. Mehrere Zeugnisse sehen in dem, was er als nicht wiedergutzumachende Verletzung seiner körperlichen Integrität empfunden haben muß, einen entscheidenden Einschnitt in den Beziehungen zu seinen wenigen Freunden. Die schlecht ausgeführte Operation bestärkte ihn in einer Form der Einsamkeit, die den Rest seines Lebens andauern und immer deutlicher hervortreten sollte, bis sie in den Jahren 1955/56 in etwas überging, das Spezialisten als Ausbruch einer Geisteskrankheit bezeichnen würden.

Auf der psychologischen Ebene erhellen noch weitere Faktoren das Werk Maurice Sandoz', so zum Beispiel das nicht unkomplizierte Verhältnis zu seinen Brüdern.

Die Zeugnisse, die ich hierzu befragen konnte, bestätigen eine unablässige Rivalität zwischen Maurice und Edouard-Marcel, zumeist gemildert durch die Vermittlung Aurèles. Dessen Rolle als Vermittler war wesentlich, doch wenn er auch ihre Auswirkungen abschwächte, verhinderte er niemals die heftigen Spannungen zwischen den beiden Künstlern der Familie. Maurice hatte sich der Literatur gewidmet, in einem geringeren Maße der Musik, und lebte in Rom, wo er in den Salons glänzte. Edouard-Marcel war Bildhauer, Tiermaler und hatte in Paris, wo er sein Atelier eingerichtet hatte, Namen und einen gewissen Rang gewonnen.

Als Aurèle 1952 starb, verschwand mit ihm auch das beschwichtigende Moment, das die Rivalität unter den beiden Brüdern ein wenig gezügelt hatte. Maurice und Edouard-Marcel verfolgten ihre jeweilige Karriere, der eine in Rom, der andere in Paris, indem sie einander hervorragend ignorierten und dabei gleichwohl beobachteten und beneideten.

Doch das Wesentliche ist, daß mit dem Tod von Maurice Sandoz, 1958, das Bild des Schriftstellers der Familie ganz ins Dunkel geriet und im Bewußtsein der Öffentlichkeit nurmehr die Persönlichkeit Edouard-Marcels haften blieb.

Dieser Überblick über das Leben Maurice Sandoz' endet gewissermaßen mit einer Rückkehr zu den Ursprüngen, einer Beschwörung der Orte, an denen er gelebt und aus denen er, so glaube ich, hauptsächlich seine Inspirationen schöpfte.

Wir kehren zunächst zurück nach Burier, in sein Haus, das sein bevorzugter Rückzugsort war und noch heute von seiner Gegenwart erfüllt ist.

Burier. Es ist nach Denantou das zweite Haus der Familie Sandoz, das ich besichtigen konnte. Ich erinnere mich nicht mehr daran, an welchem Tag genau Maurice Sandoz sich zum Herrn jenes großartigen Gebäudes machte, erbaut auf einer felsigen Landspitze am Genfer See zwischen La Tour-de-

Peilz und Montreux. Es ist ein quadratisches, zweistöckiges Haus mit geräumigen, heute bewohnbaren Giebeln, dessen südwestliche Fassade auf einen herrlichen Park weist, der plötzlich in felsigem Gelände endet. In Burier hat man den See vor Augen und nichts als den See, von Villeneuve bis nach Genf, ohne daß der Blick von etwas anderem verstellt würde als dem Dunst, der an Sommernachmittagen über dem ›Lac Léman‹ aufsteigt.

Sandoz verbrachte diese Jahreszeit dort und den Herbst; mit dem ersten Frost zog er nach Rom.

Der ›Nomade‹ Sandoz war indessen auch ein Baumeister – und auf seine Weise ein wenig ›Ludwig II. vom Genfer See‹, in sehnsüchtigem Wahnsinn bestimmt von dem Wunsch, um sich herum das Schöne herrschen zu lassen in der Musik, der Literatur wie in den anderen Künsten – und natürlich der Architektur.

Sein Haus in Rom erblickte ich zum erstenmal in der Begleitung des ehemaligen Sekretärs von Maurice Sandoz. Die ganze äußere Erscheinung dieses Hauses, ein Zentralbau, flankiert von zwei Flügeln und mit einem Dach aus rotgebrannten Schindeln, zeigt den sehr persönlichen Stil des aus Rußland stammenden Architekten Beloborodoff, den Sandoz mit dem Bau beauftragt hatte. Der zugehörige Park ist klein, hoch überragt von Zypressen, die mich an einem Herbstabend mit unheimlichem Ächzen empfingen.

Über Rom hing damals eine unangenehme Schwüle, die ein bevorstehendes Gewitter noch drückender machte. Die hohen Gitter, zusätzlich mit Ketten und eisernen Torflügeln gesichert, verhinderten jeden indiskreten Blick nach innen und ließen nichts von dem Haus erahnen. Ich mußte über Zäune steigen und mich durch Gestrüpp quälen, mußte eine weitere Umzäunung hinter mir lassen, deren Gitterwerk an dieser Stelle offenstand, und mich durch die Bäume schleichen, um endlich das Haus zu erblicken.

Seit dem Tod Maurice Sandoz' ist es praktisch verlassen – und wenn ich auch eine Erklärung dafür habe, will ich sie für jetzt zurückstellen, um die Besichtigung fortzusetzen.

Maurice Sandoz hatte sein römisches Domizil mit Absicht als antike Villa konzipiert: ohne großes Portal, jedoch mit einem breiten Hinterausgang in den Garten und mit einer Terrasse, die, als ich sie endlich betrat, einen Belag aus alten Mosaiken in der Manier Pompejis offenbarte. Die Glastür zum Garten gab ein Blickfeld frei, in dem mir die halb unter wilden Gräsern begrabene lebensgroße Statue eines Zeus-Poseidon auffiel, bewaffnet mit dem Dreizack. Der Gott wachte offenbar über eine Natur, die beinahe vollständig ihre Rechte zurückgewonnen hatte und als Meer von Grün zu seinen Füßen wogte.

Es war ein wenig, als befände ich mich in einer Erzählung von Maurice Sandoz, in einer Atmosphäre von Sehnsucht und Verlassenheit, die mich erschaudern ließ. Was von einem Besitz geblieben war, der die herrlichsten Feste gesehen hatte, bot nun einen desolaten Anblick. Zerschlagene Fliesen, ›Zeitungen‹ aus welkem Laub, die der Wind durch das große untere Zimmer fegte. Noch immer sah man die Bücherregale, den Wänden vorgesetzt, doch löste sich der Putz in Placken ab; auch hatte die Feuchtigkeit ihr Werk getan, schon berührte sie die hohen, geschnitzten Decken.

Vielleicht war es das Ergebnis meiner träumerischen Betrachtung, doch schien mir der Palazzo auf einmal bewohnt, und ich erinnerte mich an eine Anekdote, die mir einer von Sandoz' Angehörigen erzählt hatte.

Nach Sandoz' Tod war die römische Villa verkauft worden. Schweren Herzens überließ der treue Gärtner Tullio seine Rosen, seine sorgsam gepflegten Beete und fein geharkten Alleen einem Nachfolger. Seine Trauer, ein Haus zu verlassen, welches das Glück seines Herrn gewesen, war so groß, daß er einige Monate später zurückkehrte – weniger um sich der guten Pflege des Gartens zu versichern, über den er all die Jahre gewacht hatte, als vielmehr, um noch einmal die Luft des Ortes zu atmen, an dem sein Herz hing. Als er mit dem neuen Gärtner plauderte, erfuhr Tullio, daß dieser am Tag zuvor eine recht seltsame Begegnung hatte:

»Die neuen Eigentümer waren nicht da, ich war gerade dabei, einige Sträucher im Beet zu stutzen, als ich Schritte auf dem Kies der Allee hörte. Ich trat hinzu und sah einen großen Mann mit Stock und Hut, dessen behandschuhte Hand den Stengel einer Rose bog, um ihren Duft zu atmen. Ich machte ihn darauf aufmerksam, daß er sich hier auf Privatbesitz befinde. Der Fremde antwortete mir in perfektem Italienisch, daß er das sehr wohl wisse; dann entfernte er sich ohne ein weiteres Wort und entschwand bald meinem Gesichtskreis.«

Die Beschreibung, die der neue Gärtner von der geheimnisvollen Person gab, verschlug Tullio die Sprache – sie entsprach Zug für Zug Maurice Sandoz, wie er ihn noch einige Monate vor seinem Tod gesehen hatte. Tullio sagte nichts, aus Angst, den anderen zu erschrecken, doch ist er, wie ich glaube, fortgegangen, um niemals wieder in die Villa zurückzukehren.

Jacques-Michel Pittier
August 1990

Editorische Notiz

»Le Labyrinthe« (»Das Labyrinth«) erschien 1941, gleichzeitig in einer französischen und, übersetzt von Gertrud Droz-Rüegg, einer deutschsprachigen Ausgabe: bei Kundig in Genf bzw. im Morgarten Verlag, Zürich. Offenbar war die gedruckte Auflage nicht hoch – das Werk ist in deutschen Universitätsbibliotheken kaum greifbar und wird im Antiquariatsbuchhandel nur selten und zu hohen Preisen angeboten.

Der vorliegenden Ausgabe, der zweiten nach genau 50 Jahren, liegt in behutsamer redaktioneller Bearbeitung die genannte Übersetzung zugrunde.

Band 3001
Walerij Brjussow

Der feurige Engel

Von den Wirren der Reformationszeit lange Jahre umhergetrieben, will Ruprecht nun endlich in seinem Heimatdorf die Eltern wiedersehen. Da kreuzt Renata den Weg des Abenteurers, der sogleich ihrer morbiden Schönheit und Ausstrahlung verfällt. Sie gehen nach Köln, wo die von Dämonen heimgesuchte Verführerin ihre Suche nach Madiel, dem feurigen Engel, dem visionären Geliebten ihrer Kindertage, fortsetzt ...

Ein historischer phantastischer Roman, der ein sorgfältig recherchiertes Bild der Stadt Köln im 16. Jahrhundert malt; ein spannungsreiches Werk, das seine Leser mit den Geheimlehren jener Zeit bekannt macht.

Band 3002
Vernon Lee

Amour dure
Unheimliche Erzählungen

In Vernon Lees eleganten, anspielungsreichen Erzählungen verschwimmen die Grenzen zwischen Vergangenheit und Gegenwart, Kunst und Leben. Sie ziehen den Leser in einen unheimlichen Bann.
Die Autorin erzählt von Italien-Reisenden, denen die Liebe zur Kunst zum Verhängnis wird – in einer bezaubernden mediterranen Welt, durch die allerdings alte und dunkle Kräfte ziehen.

Band 3003
Alexander Lernet-Holenia

Ein Traum in Rot

Weit in das galizische Hügelland hinein reicht der Blick Chlodowskis, wenn er aus dem Fenster seines Gutshauses Rafalowka blickt; seine Gedanken freilich schweifen weiter – bis in die Ukraine, ja, bis nach Asien hinein. Von dorther, aus den Steppen der Mongolei, aus dunkler Vergangenheit, droht Unheil über Rafalowka hereinzubrechen ...
Lernet-Holenia beschwört, nicht ohne Ironie, die Atmosphäre einer brüchigen Welt, die ihrem Verderben entgegengeht. Gespannt taucht der Leser ein in die Schilderung der unabwendbaren Katastrophe.

Band 3005
Edward Harold Visiak

Medusa

Gegen den Willen des Kapitäns nimmt das Schiff des Mr. Huxtable, der seinen Sohn aus der Gewalt erpresserischer Seeräuber befreien will, Kurs auf eine unbekannte Felseninsel. Obadiah Moon aber, Unterhändler der Piraten, weiß, welche bedrohlichen Gewässer da angesteuert werden. An ein unheimliches Wesen gekettet, das die Mannschaft lange schon in Angst und Schrecken versetzt, ahnt er das Grauen, dem sie unaufhaltsam zutreiben ...
Der Tradition der großen englischen Erzähler Robert Louis Stevenson und Joseph Conrad verbunden, erzählt Visiak die Geschichte einer phantastischen Seereise.

Band 3006
Robert Aickman

Glockengeläut
Makabre Erzählungen

»Gespenster sind die zurückgekehrten Toten, die wir einmal gekannt haben... Sie sind Dinge in uns selbst, die wir in die Welt um uns projiziert haben. Sie sind die kleinen Kinder, die an die Fensterscheibe klopfen...« – so Robert Aickman selbst über die Phantome, die wie in einem Totentanz durch seine meisterhaften makabren Erzählungen ziehen. Mühsam konstruierte Selbstbilder zerbröckeln, zivilisatorische Verhaltensmuster zerfallen, uralte Ängste und verdrängte Erinnerungen kehren zurück, nehmen bedrohlich konkrete Gestalt an.

Band 1021
Phoebe Atwood Taylor
Wie ein Stich durchs Herz

Wenn sich die Mitarbeiterin eines illegalen Buchmachers, ein Gelegenheitsdieb, der Polizist werden möchte, und ein Lehrer für englische Literatur, der nicht nur gerne Shakespeare zitiert, sondern auch dem berühmten Dichter täuschend ähnlich sieht, mitten in der Nacht in einer schlechtbeleumdeten Gegend kennenlernen, darf man sich eigentlich über nichts mehr wundern. So nimmt es Mr. Leonidas Witherall mit Gelassenheit hin, daß man nach einem Treffen in seiner früheren Schule gleich zweimal versucht, ihn zu überfahren. Erstaunter ist er schon, daß einer der Attentäter sein ehemaliger Schüler Bennington Brett ist. Aber erst, als er diesen tot mit einem Tranchiermesser in der Brust entdeckt, fängt er an, sich ernsthaft Gedanken zu machen.

Band 1022
Charlotte MacLeod
Der Rauchsalon

Für eine Lady aus der Bostoner Oberschicht ist es auf jeden Fall unpassend, ihr Privathaus in eine Familienpension umzuwandeln, um ihren Lebensunterhalt zu verdienen. So ist der Familienclan der Kellings entsetzt, als die junge Sarah, die gerade auf tragische Weise Witwe geworden ist, ankündigt, sie werde Zimmer vermieten. Doch selbst die konservativen, stets die Form wahrenden Kellings ahnen nicht, daß Sarahs neue Beschäftigung riskanter ist, als man annehmen sollte – mit den Mietern, sämtlich respektable Mitglieder der Bostoner Oberschicht, hält auch der Tod Einzug in das vornehme Haus auf Bacon Hill...

Kein Wunder, daß die junge Frau froh ist, daß ihr der Detektiv Max Bittersohn beisteht, der mehr als ein berufliches Interesse daran hat, daß wieder Ruhe und Ordnung in das Leben von Sarah Kelling einkehren.

Band 1023
Henry Fitzgerald Heard
Anlage: Freiumschlag

Sidney Silchester führt ein ruhiges, beschauliches Leben. Seine Leidenschaft ist zugleich sein Beruf: Er entschlüsselt verschlüsselte Nachrichten. Eine überaus interessante Aufgabe wird ihm von dem mysteriösen Mr. Intil übertragen. Da Silchester den Text nicht alleine dekodieren kann, bittet er seine Kollegin Miss Brown um Hilfe, die sich auf einer Séance in Trance versetzt und dabei erstaunliche Dinge erfährt. Wie soll er auch ahnen, daß er sie beide in tödliche Gefahr bringt... So beginnt ein höchst abenteuerlicher Kriminalfall, der nur zu lösen ist mit Hilfe eines Mannes, der mit Spürsinn und erstaunlichen Fachkenntnissen in den ausgefallensten Bereichen selbst dem genialsten Übeltäter ein ebenbürtiger Gegner ist. Auch wenn Sidney Silchester, der die Rolle des getreuen, begriffsstutzigen Dr. Watson spielt, es nicht bemerkt: Sherlock Holmes hat sich keineswegs zur Ruhe gesetzt!

Band 1024
C. W. Grafton
Das Wasser löscht das Feuer nicht

Bei dem Fall, mit dem der Anwalt Gil Henry betraut worden ist, scheint es sich um eine Lappalie zu handeln. Schließlich gilt es lediglich herauszufinden, warum der Fabrikant Jasper Harper aus Harpersville der jungen Ruth McClure für ihre Aktien weit mehr als den normalen Kurswert bietet. Schon auf der Fahrt nach Harpersville muß Gil Henry erfahren, daß hinter der Sache mehr steckt, als er vermutet hatte. Nur mit knapper Not entkommt er einem Mordanschlag. In Harpersville selbst macht ihm der Besitzer der ›Harper Products Company‹ unmißverständlich klar, daß er keine Nachforschungen wünscht. Gil Henry riskiert mehr als einmal Kopf und Kragen und muß selbst illegale Mittel einsetzen, bis der Fall gelöst ist.

Band 1025
Anne Perry
Callander Square

Die Welt ist in Ordnung am Callander Square. Die Herren der feinen Gesellschaft gehen ihren Geschäften nach oder vergnügen sich in ihren Clubs, während ihre Gattinnen beim Tee die neuesten Gerüchte verbreiten. Ruhe und Harmonie werden jäh zerstört, als zwei Gärtner einen Busch umpflanzen wollen und dabei zwei Skelette entdecken. Inspector Thomas Pitt stößt bei seinen Recherchen auf eine Mauer des Schweigens. Daher entschließen sich Pitts Frau Charlotte und deren Schwester Emily, unauffällig ihre eigenen Ermittlungen anzustellen. Hinter den Kulissen einer nur scheinbar geordneten Welt stoßen sie auf Intrigen, Untreue, Erpressung. Als die beiden merken, daß sie mit dem Feuer spielen, ist es fast zu spät . . .

Band 1026
Josephine Tey
Die verfolgte Unschuld

Der Rechtsanwalt Robert Blair langweilt sich. Nichts scheint seinen geregelten Tagesablauf zu unterbrechen, bis ihn Marion Sharpe, die mit ihrer alten Mutter allein in einem einsam gelegenen Haus lebt, eines Tages um Hilfe bittet. Zu seiner Verwunderung erfährt er, daß die Frauen eines ganz unglaublichen Verbrechens angeklagt werden: Sie sollen ein fünfzehnjähriges Schulmädchen entführt und mit Schlägen und Drohungen gezwungen haben, für sie als Hausgehilfin zu arbeiten. Robert Blairs Versuche, die Unschuld der beiden Frauen zu beweisen und die Glaubwürdigkeit der Anklägerin zu erschüttern, machen ihn mit einer Welt bekannt, in der es alles andere als wohlgeordnet zugeht ...